TENDRE

Joseph Joffo est né en 1931 à [...]ment, où son père exploitait [...] devient coiffeur comme son pè[re ... fré]quenté l'école communale et ob[tenu ...]
— son seul diplôme, dit-il avec [fierté et malice], car chacun sait que l'accumulation des « peaux d'âne » n'a jamais donné de talent à qui n'en a pas.
Celui qu'il possède, Joseph Joffo le découvre en 1971 lorsque, immobilisé par un accident de ski, il s'amuse à mettre sur le papier ses souvenirs d'enfance : ce sera Un Sac de billes *paru en 1973, tout de suite best-seller traduit en dix-huit langues, dont des extraits figurent dans plusieurs manuels scolaires et dont un film s'inspirera.*
Suivront Anna et son orchestre *(1975), qui reçoit le premier Prix RTL Grand Public;* Baby-foot *(1977);* La Vieille Dame de Djerba *(1979);* Tendre été *(1981); et un conte pour enfants :* Le Fruit aux mille saveurs.

Alexandra a quinze ans. L'âge où l'on rêve encore d'être châtelaine, l'âge ou l'on pense déjà à l'amour.
En compagnie de Jean-Pierre, un adolescent sauvage et tendre, elle découvre la nature, la forêt, mais aussi l'aveuglement des adultes, lors de grandes vacances en pays de Loire.
Elle n'oubliera jamais ce tendre été.
Emouvant et drôle, gai et étourdissant de vie, *Tendre été* est un roman dans la lignée de *Un Sac de billes.* Nombreux sont les parents — et les enfants — qui se reconnaîtront dans les personnages truculents, romantiques ou espiègles de ce roman de Joseph Joffo.

Paru dans Le Livre de Poche :

UN SAC DE BILLES.
ANNA ET SON ORCHESTRE.
BABY-FOOT.
LA VIEILLE DAME DE DJERBA.

UN SAC DE BILLES *(Série Jeunesse).*

JOSEPH JOFFO

Tendre été

ROMAN

JEAN-CLAUDE LATTÈS

© Éditions Jean-Claude Lattès, 1981.

Je dédie ce livre à ma fille Alexandra. Je remercie Nathael et Maskolo pour leur précieux concours, ainsi que mes amis, les paysans tourangeaux.

1

« Tu ne pouvais pas rentrer plus tôt ! Comme si on n'avait pas besoin de toi ici ! Toujours en train de courir... Mais tu ne trouveras donc jamais ta place ! »

Jean-Pierre s'est approché d'Odile Rouleau, affairée devant ses fourneaux, et lui dépose une rapide bise sur le front. C'est qu'il est plus grand que sa maman, Jean-Pierre.

« Va te laver..., tu sens le poisson. René, regarde-moi comme il est sale ! Mais dis quelque chose, tu sais bien qu'il ne m'écoute plus depuis longtemps. Allez, dépêche-toi, ils vont arriver. »

Et machinalement elle jette un coup d'œil affolé à la vieille pendule.

Comme le fils, le père ne dit rien. Il est là, penché sur la table, à couper des tranches de pain blanches et énormes. Il s'est contenté de lever la tête sans interrompre sa tâche. Ils ont échangé un regard de tendresse et de connivence. Jean-Pierre lui a montré le sac de toile et il a souri.

« Combien ?
— Cinq.

— Où ça ?

— Dans le courant, juste avant le trou au pied des ruines.

— Près des trois aulnes ? »

Jean-Pierre a hoché la tête en signe d'acquiescement et il est allé poser son sac, au fond de la grande pièce.

Il a enlevé son tee-shirt maculé et se savonne, maintenant, à l'aide d'un cube noir.

Reprise par ses angoisses, sa mère est revenue à la charge.

« Tu te tiendras bien, Jean-Pierre. René, dis-lui que ce sont des gens qu'il faut respecter, même s'ils font des manières.

— Mais ne te fais donc pas de mauvais sang, Odile. Ce petit n'est pas idiot. »

Tout en s'aspergeant abondamment, Jean-Pierre sourit.

« J'espère que je ne vous gêne pas ? »

Mais Odile Rouleau n'a rien entendu. Elle est devant l'âtre où tourne un énorme chapon, déjà craquant et doré.

« Tu me dis toujours ça, René ; quand il manquait l'école un jour sur deux, quand ce n'était pas plus, tu me chantais le même refrain !

— Ecoute, Odile, ce n'est pas le moment de revenir là-dessus. Y'en a qui sont pas bien forts en classe, ça ne les empêche pas de réussir.

— Il traîne toute la sainte journée ! Tu crois que ça lui fait du bien, de passer son temps avec ce vieux poivrot de Jonas ? »

Le père René a posé bruyamment son couteau. Lui qui, jusqu'ici, avait le geste plutôt paisible et lent, se redresse brusquement :

« Je t'ai déjà expliqué, Odile, que t'avais pas le droit d'insulter le père Jonas. Il vit pas comme toi et moi, c'est vrai, mais c'est pas une raison. Les curés se marient avec le Bon Dieu ou la Sainte Vierge, je ne sais plus très bien, et lui c'est avec la nature. Il en faut des comme lui. Nous avons autant besoin de la Nature qu'elle a besoin de nous. Des gens comme Jonas, c'est aussi indispensable que le Bon Dieu. Tu verras, si un jour des gens comme ça disparaissent, ils nous mettront des villes partout et on mangera avec des pilules fabriquées dans des laboratoires. Ils en parlent à la télévision. Seulement, voilà, à passer tes journées à te faire des soucis, le soir tu t'endors devant le poste...

— Continuez..., continuez, hurle Jean-Pierre, moi je vais me changer...

— Dépêche-toi de venir nous aider, répond Odile Rouleau d'une voix pointue, tu crois toujours que les choses se font sans toi ! »

Le père René s'est approché de l'âtre. Il s'accroupit et arrose le chapon avec application. Le jus retombe en grésillant dans la lèchefrite inclinée. Odile sursaute devant ses fourneaux :

« Tu les entends ? René, tu entends, ils arrivent ! »

Le père Rouleau secoue la tête. Il a un sourire large comme une de ces tranches de pain qu'il coupait tout à l'heure.

« Dis, la mère, c'est pas le Père Noël que t'attends ! Descendent pas par la cheminée, les nouveaux propriétaires. »

Un instant, Mme Rouleau le regarde, ahurie. Puis elle hoche la tête.

« N'empêche que tu es obligé de reconnaître qu'il

ne fait rien, dit-elle en s'énervant sur sa mayonnaise.
— Ce n'est pas rien, les truites qu'il a rapportées... »

« C'est encore loin ?
— Une dizaine de kilomètres, ma chérie. Autant dire que nous y sommes. D'ailleurs, il ne faut pas que je loupe... Tiens, c'est... »
Il ralentit, rétrograde, prend sur la droite une route, petite et délicieusement ombragée.
« C'est l'embranchement... »
Le soleil passe à peine l'écran des feuilles. C'est comme un tunnel vert, percé parfois de pastilles lumineuses.
« On entre chez nous. Regarde bien, Alex, c'est ton nouveau pays. »
Il y a dans le ton de son père quelque chose de solennel qui la bouleverse. Pour se contrôler, elle ricane. Annie en profite pour épancher sa mauvaise humeur :
« Pourrais-tu m'expliquer ce qui t'amuse, ou de quoi tu te moques ? »
Elle s'est retournée et considère sa fille avec sévérité. Alexandra se trouble, rougit, mais essaie de ne pas perdre la face. Elle hausse les épaules et secoue la tête :
« Rien à voir avec la choucroute ! »
En ce moment, son expression favorite.
« Tu prends un drôle d'esprit en grandissant », soupire Annie avec une certaine inquiétude.
Pour détendre l'atmosphère qui menace de s'alourdir, Albert intervient :

« Laisse, c'est de l'humour au quinzième degré. On est trop vieux et trop bêtes pour comprendre. »

Il prend la main de son épouse et, d'un coup d'œil dans le rétroviseur, rassure Alexandra.

« Allons, Annie, détends-toi... Regarde comme c'est joli. Tu seras bien à la campagne, j'en suis certain. Il paraît que c'est plus sain que le bord de mer.

— Je te signale aussi qu'il est plus fatigant d'entretenir un château que de passer trois mois à l'hôtel... »

D'un geste agacé, elle a dégagé sa main et détourné le visage. La dispute est proche. Mais Albert veut l'éviter à tout prix.

« Tu sais bien que dès demain matin Marguerite sera là pour t'aider. »

Albert se veut conciliant, mais elle reste morose. Elle a toujours eu horreur de la campagne... Et la voilà obligée de prendre possession d'une propriété qu'elle ne connaît même pas. Elle revient à la charge :

« Tu aurais quand même pu me demander mon avis !

— Mais puisque je voulais te faire une surprise !

— Tu avais surtout peur que je te force à renoncer. »

Pour couper court, Alexandra demande d'une voix enfantine et exigeante :

« Qui est Marguerite ?

— Non, Annie, je t'assure que...

— Arrête, veux-tu.

— Qui est Marguerite ?

— Ne pars pas avec de mauvais préjugés, attends de voir pour...
— J'ai un pressentiment !
— Qui est Marguerite ?
— La bonne qui va aider ta mère.
— Une bonne qui a un nom de fleur, ça commence drôlement bien.
— Très bien », souffle Annie, en se demandant avec qui elle va jouer au bridge.

L'odeur du chapon est si alléchante que le père Rouleau en salive. A l'aide de la grosse clef placée sur le côté, il remonte le ressort du tournebroche, puis, l'œil vague, regarde la volaille tourner lentement. Au bout d'un moment, il murmure :

« Faut que je m'en roule une petite, j'ai vraiment trop faim... »

Et, en se levant pour aller chercher son paquet de gris, il jette un coup d'œil à la pendule.

« Pourraient bien arriver tout de même... »

Odile ne répond pas, occupée à déposer la dose de mayonnaise que réclament ses œufs mimosa. Pourvu qu'elle ne les loupe pas ! Les œufs mimosa sont sa spécialité, mais aujourd'hui elle ne retrouve pas sa maîtrise habituelle. Elle se recule, et sourit avec satisfaction : son plat a fière allure. Le père Rouleau, qui s'est approché sans bruit, admire lui aussi. Il se retourne vers sa femme et la dévisage avec bonhomie.

« Dis donc, tu les gâtes. »

Odile hausse les épaules et fait la grimace.

« Faut bien ! Pourtant, c'est toi qui aurais dû faire

la cuisine, puisque c'est toi qui les as invités. Ah ! tu peux dire que ton fils a de qui tenir ! La tête vide et toujours sans souci. Tu les vois, ces gens collet monté avec nous qui sentons la ferme et la fatigue ? Mon Dieu... »

Le père Rouleau l'a prise aux épaules et l'oblige à lui faire face.

« Je suis sûr que ça leur a fait plaisir. Et puis... n'a-t-il pas été gentil avec nous, ce M. Vergnault ? En six mois, il a déjà fait plus que l'ancien propriétaire en cinquante années ! Et un bon repas, c'est un bon repas. Qu'importe l'endroit où il est pris... »

Son doigt boudiné et crevassé glisse sur la joue d'Odile. Les rides n'ont pas supprimé la douceur et la fraîcheur de la peau.

« L'important c'est ce qui est bon, reprend le père Rouleau, et tout le monde sait que tu fais très bien la cuisine. »

Odile rosit. Son mari lui sourit tendrement. Leurs yeux se rencontrent. Le temps, un instant, est balayé. Ils se retrouvent là, l'un en face de l'autre, comme autrefois. Lorsqu'il l'avait invitée, au Parquet Vinson, pour leur première valse.

« Promets-moi, René, que tu diras à Jean-Pierre de bien se tenir. Surtout qu'ils ont une fille. Et elle, elle doit aller à l'école. Si ça se trouve, elle est première, superdouée, comme ils disent dans les journaux. De quoi on va avoir l'air, nous, avec notre cancre ? »

Les yeux de René se plissent et il dit, la voix bizarrement enrouée :

« Oh ! sûr qu'elle va se moquer de lui... »

La mère Odile sursaute. Bras écartés, cou tendu,

menton relevé, on dirait une poule en position de combat.

« Mais c'est que... je ne la laisserais pas faire, moi ! Se moquer du petit, j'voudrais bien voir ça. D'accord, c'est un cancre, mais... »

Devant le visage hilare de son mari, elle s'est brusquement interrompue. Elle comprend qu'il s'est moqué d'elle. Elle hausse les épaules et se plante devant ses fourneaux.

Traînant les pieds, le corps secoué par un rire silencieux, René sort dans la cour de la ferme. Il aime bien taquiner Odile à propos de leur fils.

Arrivé au puits, le père Rouleau en rigole encore.

Penché sur la margelle, il avale une bouffée d'humidité. L'eau du puits est glacée. Il se saisit d'une corde fixée à l'arceau qui soutient la poulie et remonte un seau dans lequel trempent des bouteilles de vin rosé.

Ce rosé-là, il le connaît, le père Rouleau. C'est lui qui a planté la vigne, l'a coupée et sarclée. Odile et Jean-Pierre l'ont vendangée et lui a pressé le raisin.

Eh bien, sous ses allures de bon vin passe-partout, ce rosé-là est un enfant fragile. Un froid trop fort, et plus de bouquet !

Le père Rouleau pose sa grosse main sur le goulot d'une bouteille et se concentre, telle une infirmière tâtant le pouls d'un malade.

« Pas de problème, ça ira, mais faut pas le chambouler. Protocole ou pas, il faudra accepter le bon vieux seau d'eau sur la table ! »

A la fortune du pot, comme on dit !

Les deux poings sur les hanches, le père Rouleau s'offre un petit tour d'horizon. Il ne s'en lasse jamais de ce spectacle. Plus de quarante ans qu'il vit ici, et il s'y sent toujours aussi bien. Il sait, depuis longtemps, qu'il y finira ses jours. Et, curieusement, ça le rassure. Il lui arrive de penser que, même après, il sera encore là dans cette terre qu'il aime.

Elle est belle, sa ferme, sous le ciel bleu et la forte lumière d'été. Un bel été ! Il en a connu un à peu près semblable lorsqu'il s'est installé ici. Il devait avoir l'âge de Jean-Pierre. Le regard qu'il pose sur la haie de peupliers là-bas, de l'autre côté du toit d'ardoise tout neuf, est soudain brouillé. Il les a connus pas plus hauts que lui, ces grands sifflets qui font maintenant trente à quarante mètres de fût. Il se frotte les yeux.

La lumière revient dans toute sa force. Le ciel est bleu depuis des semaines. Pas un souffle de vent. La girouette, au sommet du vieux pigeonnier, s'est fixée à l'est aux Rameaux, et elle n'a plus bougé. La gorge nouée, il ne peut s'empêcher de songer que la vie est belle. Et qu'elle le sera encore après lui...

Le père Rouleau prête machinalement l'oreille. Au loin, le bruit d'un moteur.

Un morceau de soleil s'écrase sur le pare-brise. Le tunnel de feuilles vient de s'arrêter net. La CX mord le goudron noyé de lumière éclatante. Alexandra cligne des yeux.

Le paysage se recompose autour de champs taillés dans les mamelons des collines. Courbes vertes et dodues mourant sur des rectangles de colza, de maïs, de luzerne, de vignes, d'orge. Clôtures de haies vives. Barrières de bois. Des îlots d'arbres, de-ci de-là. Des prés. Des vaches. Des moutons. Des étendues d'herbes folles envahies de fleurs sauvages. Des fossés bordés de coquelicots anarchiques, d'orties ou de boutons-d'or. Un vent léger, léger, fait frissonner le sommet des peupliers. Un mariage d'ocre et de vert, d'ombre et de soleil.

Alexandra ouvre la vitre. Une odeur forte s'engouffre. Terre riche et herbe coupée.

Elle s'en imprègne. Elle se laisse prendre par cette douceur parfumée, puis soudain, comme pour éviter le pire, ses mains s'emparent de son sac, sortent un miroir de poche. Un besoin urgent de se rassembler, de se reconnaître. Toute cette nature est trop grande, et elle, au milieu, trop petite.

Dans la vaste cuisine de la ferme, Jean-Pierre, qui vient de surgir, marque un moment d'hésitation, puis se précipite, lui aussi, sur le chapon. Pour se donner une contenance. Jusqu'à maintenant il avait réussi à repousser la grande interrogation. Il était même parvenu à se comporter comme si elle n'existait pas... Mais là, il ne peut plus l'éviter. Dans quelques minutes, il sera obligé de lui faire face. C'est en pensant à elle qu'il a soigneusement choisi ses vêtements.

« On arrive », hurle maître Albert Vergnault, retrouvant son âme d'enfant.

Alexandra l'entend à peine. Sa glace lui renvoie un visage décomposé par une subite pâleur. Pour se redonner de la santé, elle se pince les joues. Elle ne voudrait pas avoir l'air d'une princesse malade...

Albert a vu son manège dans le rétroviseur, mais il ne dit rien. Étonnée par le manque de réaction de sa fille, Annie se retourne, éclate de rire :

« Quelle coquette ! »

Surprise en flagrant délit, Alexandra sursaute.

« Ne t'inquiète pas, tu es belle, puis, tu sais, ce n'est pas à la ferme que tu vas faire des conquêtes... »

Elle a décelé dans la voix de sa mère une pointe de moquerie qui lui est désagréable. Par bonheur, et sans le faire exprès, cette fois, Albert les interrompt.

Pour rencontrer la fille des nouveaux propriétaires, il a à cœur d'être le plus à l'aise possible... Et là, devant ce chapon si souvent arrosé, il est tout aussi impatient de découvrir à quoi elle ressemble, que de mesurer l'effet qu'il va produire.

Sa mère, qui le surveille du coin de l'œil, n'est pas dupe. Elle voit bien, à son attitude et à sa mise, que ce n'est pas un jour comme les autres. Elle ne peut s'empêcher de se faire du souci pour lui, Odile. Et son intuition lui dit que l'arrivée de cette jeune fille pourrait bien apporter de nouvelles complications !

Encore un virage et juste dans l'alignement du chemin, comme émergeant d'un bois, la ferme. La ferme de la Ricordaine.

Une lourde bâtisse de pierre, construite en longueur. Toit d'ardoise et vigne vierge aux murs. Cour de terre battue.

La Ricordaine s'étale en plein soleil, solide et sûre au milieu de la clairière. La CX pile. Un chien bondit hors de sa niche. Il aboie et s'étrangle. Les canards s'envolent. Perché sur un tas de paille, le plus vieux des coqs se met à chanter, ressemblant à un général réveillé en sursaut. En une seconde, c'est le branle-bas de combat, l'agitation s'empare de la ferme. Un chat, les poules décampent. De lourdes plaintes s'échappent des écuries. Une porte de bois délavé par les pluies s'ouvre sur un homme vêtu d'un costume de toile noire, un béret sur la tête. D'un geste, il calme le chien, puis il s'avance vers la voiture.

« C'est le père Rouleau », dit Albert avec enthousiasme.

Il est grand, costaud, légèrement voûté. Les Vergault sortent de la CX, s'approchent. Le père Rouleau enlève son béret.

« Bonjour, René ! Comment ça va ? dit Albert, jovial.

— Bien, très bien. Je suis content de vous voir arrivés... Avec la route, on ne sait jamais... »

Fascinée, osant à peine respirer, Alexandra l'observe. Bien qu'éprouvé par les années et le soleil, son visage reste jeune. Elle s'attendait à quelqu'un de beaucoup plus laid, beaucoup plus vieux. Ses cheveux sont noirs et drus. Il a l'air robuste. Son regard est chargé d'une bonté paisible, comme s'il comprenait tout.

« Je vous présente ma fille... »

Alexandra avance, confiante, heureuse de le connaître enfin. Ils se serrent cordialement la main :

« J'espère que vous serez heureuse ici, dit avec gentillesse le père Rouleau, le vent des Rameaux a été au beau. La saison sera fameuse. Y'a bien longtemps qu'on n'a pas eu un été pareil... C'est pour fêter votre venue, sans doute ! »

Sa simplicité a quelque chose de majestueux. Alexandra frissonne et en oublie la paume et les doigts râpeux. Elle est séduite, d'emblée.

Avec lenteur et précaution, René réinstalle son béret sur son crâne.

« Si vous voulez me suivre..., on vous a préparé un petit repas », propose-t-il, l'opération terminée.

La vaste pièce, que les volets tirés tamisent, est tout embaumée du fumet du chapon auquel se mêle l'odeur des sarments brûlés. Un tas de braises rougeoit derrière le tournebroche. La table, avec sa nappe blanche, la vaisselle du dimanche et un gros bouquet de roses, a un air de fête.

Odile Rouleau vient à leur rencontre.

Elle est petite et ronde. Curieusement, son visage est maigre, un peu fripé par le temps. Il y a des rides sur sa peau fine. Ses yeux sont bleus, lumineux. Ses cheveux blonds sont courts et frisés. On devine qu'elle s'est mise en frais, qu'elle est allée chez le coiffeur et qu'elle a soigneusement choisi sa robe. Une robe d'été, sans manches, à fleurs noires sur fond blanc.

Accroupi devant la cheminée, Jean-Pierre arrose religieusement le chapon maintenant bien doré. Il fait semblant de ne pas les avoir entendus entrer. Odile, à qui le manège ne peut échapper, gronde de cette voix qui ne parvient jamais à être menaçante :

« Mais enfin..., tu pourrais tout de même... »

Se tournant avec une mine catastrophée vers Annie et Albert, elle ajoute très bas :

« Excusez-le..., mais c'est vrai, on ne peut pas abandonner cet animal, quand le feu le brûle, c'est fichu. »

Albert éclate d'un rire indulgent. Annie, elle, sourit à peine : la gentillesse d'Odile ne parvient pas à effacer l'incorrection de son fils.

Jean-Pierre pose enfin sa longue cuillère. Se redresse. S'essuie les mains au torchon qui pend au pilier de la cheminée et rejoint le groupe. Sans ostentation, Albert lui tend la main, souriant et chaleureux. Annie le salue d'un ton glacé, tout en lui décochant une œillade réprobatrice. Alexandra n'en croit pas ses yeux.

Il est grand. Comme son père. Fort comme lui, mais blond comme Odile.

Ayant accompli son devoir de politesse, Jean-Pierre est retourné à son chapon.

Elle n'est pas très sûre d'avoir vraiment entendu le son de sa voix. Impossible de savoir s'il a l'accent de ses parents ou pas. Pour le reste, elle a tout retenu. Il a exactement les yeux de sa maman, sauf l'indulgence ! Il y a dans son regard à lui quelque chose d'inquiet, de sauvage. Le plus étrange, ce sont ses cheveux longs. Des boucles fauves qui lui tombent jusqu'aux épaules. Quelle idée de ne pas suivre la mode et de garder une chevelure pareille ! Une bonne coupe lui ferait du bien. Il aurait besoin également de s'habiller autrement. Chemise sans col, foulard rouge autour du cou, gilet en toile rayée, pantalon marron emprisonné dans des bottes de caoutchouc montant jusqu'aux genoux. Cet accoutrement étonne, dénote. Un grand vide se fait en Alexandra. C'est la panique.

Jean-Pierre, lui aussi, médite. Il l'aurait préférée plus parisienne ! Et elle est là, timide et troublée, faisant de terribles efforts pour le dissimuler... Il ne sait plus quoi penser. Ce n'est pas n'importe quelle jeune fille. Elle est grave et ne joue pas à la fière. Dès qu'elle ouvre la bouche, il s'affole. Jamais entendu une voix pareille. On dirait de l'eau. Le bruit de l'eau. Par bonheur, elle parle peu, sinon il se serait déjà sauvé.

2

VERTIGE. Elle ferme les yeux.
Tout a été si vite depuis hier...

Il ne pouvait y avoir de doute. C'étaient les vacances. Le lendemain à l'aube, Alexandra et ses parents s'envoleraient pour le midi de la France. Deux mois d'hôtel et de soleil. Plage, ciel bleu, pédalos, camarades, jeux de sable et de vague.

Comme prévu, pour marquer la fin de l'année scolaire et célébrer les succès d'Alexandra, il y a un sabbat extraordinaire. Une fête avec toute la famille réunie. Mamy a préparé ses petits plats. Son bouillon de kneïdr et de karnatzl[1], son guefelt fish[2] et ses délicieuses gourmandises du dessert...

Parlons-en du dessert ! C'est le moment choisi.

La bonne humeur, la gaieté et les rires se sont figés d'un coup, laissant aux visages une grimace d'incrédulité.

---

1. Sorte de boulettes de farine de maïs.
2. Carpe farcie.

« Annie, dis-moi que ton mari est devenu fou, dis-moi qu'il a perdu la raison », scande le grand-père Véremblum.

La mère d'Alexandra baisse la tête. Sa longue mèche blonde tombe comme un voile. Le grand-père examine son fils qui, s'étant levé pour annoncer la grande nouvelle, se rassoit prudemment. Un silence terrible gèle l'assistance.

« Dis-moi qu'il est devenu fou », répète le grand-père en revenant à Annie.

Lèvre inférieure rentrée, sourcils attachés en une ligne continue bien blanche et bien broussailleuse, pointe du nez aiguisée, il est sur le point d'exploser. Se contenant, il enchaîne d'une voix complètement étouffée :

« Que t'a-t-il pris ? »

Il déglutit avant d'ajouter, plus bas encore :

« Ça ne te suffisait pas de changer de nom ? »

Tout le monde est bouleversé. Quand Albert a troqué son nom de juif polonais contre un nom plus français, la famille s'est tue. Indulgente.

Ils avaient tous trop couru après de faux papiers pendant la dernière guerre pour ne pas comprendre. Ce n'était en fin de compte pas grave. Une simple affaire administrative.

Ce soir, c'est différent. Il en va de l'âme juive.

« S'acheter un nom passe. Mais s'acheter des terres..., c'est..., c'est... »

Les mots lui manquent. Il frappe du plat de la main sur la table :

« Ne sais-tu pas que nous avons été condamnés au commerce et à l'errance ? »

Sans attendre de réponse, le grand-père continue. Sa voix a recouvré force et autorité :

« Nous devons toujours être prêts à faire notre balluchon. La fuite, voilà notre force. Voilà ce qui déjà t'a sauvé la vie. Ah ! si tu as cru faire un bon placement, il est de mon devoir de t'avertir du contraire. Pour faire un bon placement, il faut acheter de l'or ou des pierres précieuses. »

Opérant une courte pause afin de mettre en valeur sa chère formule, il enchaîne :

« Car, ne l'oublie pas, c'est le maximum d'argent dans un minimum de place ! »

Les frères d'Albert hochent la tête. Eux, ils n'ont pas oublié la leçon.

Alexandra déteste sentir son grand-père ainsi malheureux et furieux. Si elle était plus petite, elle lui sauterait sur les genoux pour le calmer. Si elle était plus grande, elle interviendrait dans la discussion. La tension monte. Ne pouvant espérer aucune intervention du côté de sa mère, qui est devenue livide et muette, elle lance un regard de détresse à son père. Ce dernier lui adresse un hochement de tête presque imperceptible.

Après s'être laissé décontenancer, l'avocat qu'il est reprend le dessus. Il se racle la gorge, attaque d'une voix claire :

« Moi qui pensais vous annoncer une bonne nouvelle... »

Il se redresse lentement, pose sur chaque membre de sa famille son œil bleu. Un bleu qui paraît s'illuminer progressivement :

« C'était mon cadeau de fin d'année pour Alexandra. »

Il marque un temps. Sa haute stature domine maintenant l'auditoire :

« C'était aussi pour vous tous. Car ce petit morceau de France, je comptais bien le partager avec vous et..., sur la route de l'exil, justement, vous offrir l'asile. »

En d'autres circonstances, ses frères l'auraient chahuté, raillant son goût pour les phrases pompeuses, s'amusant de ses tics professionnels. L'effet passe inaperçu. Albert lui-même ne s'en rend pas compte. Emporté par son plaidoyer, il lance en pointant l'index vers son père :

« Et tout ça, c'est un peu de ta faute !

— Je ne te permets pas de...

— C'est bien toi qui m'as parlé du temps où tu étais jeune. Tu vivais en Pologne au « Stetel ». Un village perdu. Un point minuscule au milieu d'une immense plaine. Rappelle-toi, les juifs n'avaient justement pas le droit d'acheter des terres, rappelle-toi... »

D'un coup d'œil rapide, il jauge l'assistance et enchaîne tout aussi vite :

« Les récoltes de l'été ont mal donné. Les provisions sont rares. L'hiver avance, desséchant la région. Terrible, rigoureux. Un hiver affreux. Par bourrasques, le vent apporte la neige. Lourds tourbillons qui s'écrasent sur le sol. Couche après couche, la neige recouvre tout. C'est blanc partout. Blanc jusqu'à l'infini, jusqu'au ciel qui, lui aussi, est blanc. Bientôt la neige se cristallise. Atmosphère glacée. La vie et le vent sont paralysés par le froid. Dans les baraquements, les juifs se serrent les uns contre les autres. Au-dedans, il fait presque aussi froid qu'au-dehors. Le feu de bois est un luxe. Les membres violacés, engourdis, le crâne vide, l'estomac rongé, ils affrontent le froid... »

C'est à peine s'il reprend son souffle.

« ... Ils affrontent la faim. C'est la terrible année noire. L'année d'une effroyable famine... »

Ses traits se crispent, ses poings se ferment.

« Dans le village, les gens parviennent difficilement à subsister. Ils comptent âprement leurs dernières denrées. Les juifs n'ont rien à compter. Ils n'ont rien. Vous m'entendez, rien. Ils mangeraient n'importe quoi, des racines, de l'herbe, n'importe quoi. Personne n'a pitié d'eux. On ne veut rien leur vendre. Les juifs n'ont même pas le droit d'acheter un peu de nourriture... Pourtant combien, parmi ceux qui sont parvenus à amasser quelques maigres économies, échangeraient tout, absolument tout, tout ce qu'ils possèdent contre un frugal, un misérable repas ? Pour manger une fois, une seule fois, ils seraient prêts à abandonner leur fortune... »

La voix d'Albert Vergnault se brise :

« Je n'ai pas oublié. Je n'ai jamais oublié ce que tu as vécu en Pologne. J'en ai tiré une leçon : il n'y a que la terre qui offre sans compter... Existe-t-il de plus belles richesses qu'un verger, qu'un champ de blé au soleil ? Ah ! ça non, je n'ai pas oublié l'année noire... »

Il s'interrompt. Son émotion lui fait la respiration haletante :

« J'étais encore un enfant quand tu m'as raconté ton histoire, je me souviens même que la faim au ventre, désespéré, tu es allé trouver le rabbin. Que t'a dit le rabbin ? »

Le grand-père ne dissimule plus son trouble.

« Il t'a dit : « Les juifs au moment du partage « avaient des terres en Palestine... Ils n'ont pas su « les conserver. C'est de leur faute. Voilà pourquoi « ils sont condamnés !... » Et moi je me suis juré, je me suis promis, que ma famille au moins ne serait plus victime des lois et des mesquineries des hommes ! »

Il plante son regard dans celui de son père :

« Peux-tu me reprocher d'avoir tenu mon serment de gosse ? »

C'est si chaleureux, si naïvement respectueux, que soudain, l'auditoire a l'impression de se retrouver devant le petit Albert Véremblum. L'intrépide. Le casse-cou. L'original. Celui qui a toujours su attendrir son monde.

Autour de la table, les résistances ont fondu, définitivement. Encore une fois, il a réussi à convaincre. Il a réussi à se faire pardonner.

Le grand-père a dit en souriant : « de ta bouche dans l'oreille du bon Dieu », et tout est rentré dans l'ordre.

Sauf pour Alexandra.

Le cours de sa vie vient d'être bouleversé. Un château ! Un château qui lui appartient ! Le plus merveilleux rêve de toute son existence. Cent cinquante hectares de terre, une forêt, un ruisseau, des champs, une ferme, des fermiers... comme au Moyen Age... Et la certitude d'une grande aventure qui commence.

3

C'est un vrai château. Petit, mais vrai. Dans le pays, on l'appelle le château du Noyer. Il a deux tourelles aux extrémités, des fenêtres partout, une immense porte d'entrée donnant sur un perron. Un parc planté de vieux arbres, ventrus et chevelus. Une petite pièce d'eau. Des allées cavalières prenant sur un rond-point. Des massifs de fleurs.

Le conte de fées commence.

Elle a enfilé son jean de vacances, ses boots bleues en faux crocodile, son tee-shirt jaune, et noué un foulard rouge autour de son cou. D'un pas décidé, elle part à la découverte de son domaine, laissant ses parents avec les Rouleau.

Ce sont surtout les écuries qui l'attirent. Bien que n'ayant pas souvent fait de l'équitation, elle se passionne pour les chevaux. Devant les stalles du XVIIIe siècle, son cœur s'emballe. Elle rêve d'un film.

Évidemment, elle aurait le rôle principal. Vêtue d'une tunique blanche, montant en amazone, elle passerait sa vie à cheval. Le château serait animé d'une vie grouillante. Domestiques, femmes de chambres, valets, palefreniers, cochers s'écarteraient devant des équipages grandioses, dans la cour d'honneur. La jument d'Alexandra serait la plus belle...

Puis la lucidité revient. Déçue, elle doit se rendre à l'évidence. L'écurie est vide. Le film est terminé. Il n'y a pas l'ombre d'un cheval ici. Elle décide de regagner sa chambre.

D'un geste vif, elle ouvre la fenêtre, s'appuie au garde-corps et hume l'air. Elle ne se lassera jamais de ce paysage. Elle en est sûre ! Il fait chaud et pourtant le soleil faiblit. La lumière se fait douce. L'odeur du crépuscule monte. De sa chambre, elle a une vue magnifique sur le parc et les allées cavalières.

Elle entend distinctement le bruit d'un galop et sursaute.

Au bout de l'allée qui prend sur la gauche surgit un cavalier. Intriguée, elle plisse les yeux.

Elle a déjà deviné qui est ce mystérieux cavalier.

Il passe à bride abattue. Contourne la pièce d'eau. Oblique sans ralentir l'allure, et s'enfonce à nouveau dans le parc.

Alexandra en est certaine. C'était Jean-Pierre. Le feu lui monte aux joues. Comme s'il s'agissait d'un fantôme, d'une présence inquiétante, elle referme la fenêtre à toute vitesse. Tire les rideaux et se jette sur son lit en bousculant sa poupée fétiche. La tête lui tourne. Jean-Pierre à cheval ! Cette fois c'est trop, elle a envie de pleurer. Sans savoir si c'est de l'envie, ou de l'admiration.

4

Un... deux... trois... quatre... cinq...

Après avoir ricoché cinq fois sur l'eau inerte, la pierre disparaît dans une gerbe irisée. Là-bas, juste derrière les roseaux, un canard sauvage a plongé.

Puis c'est à nouveau le silence.

Un silence lourd de lumière et de chaleur.

Jean-Pierre est satisfait. Cinq ricochets d'un coup, c'est rare !

Il soupire et se laisse aller sur le tronc moussu du vieux saule. Il aime son odeur. Forte, légèrement putride. Il sait que, des racines au feuillage, l'arbre est gorgé d'eau douceâtre. Il lève la tête et ses yeux se perdent au cœur de la dentelle argentée, flottant dans les rayons du soleil.

Un soleil fort. Haut. Immobile.

Royal.

Un soleil qui lui rappelle, brusquement, qu'il n'est sans doute pas très loin de midi et qu'il s'est juré de rapporter des truites à Alexandra.

« Faut p't'être pas que je traîne ! »

Un dernier coup d'œil sur la surface chauffée à blanc, et Jean-Pierre se saisit du sac de toile écrue posé à ses pieds. Il le jette négligemment sur son épaule. Le sac dégouline, son dos est maculé, mais c'est sans importance.

En quelques enjambées longues et souples, il se retrouve sous le couvert de la forêt.

Jean-Pierre est ici chez lui. Il a grandi parmi les arbres.

Dans sa forêt, les hêtres immenses, aux énormes fûts élancés et gris, l'attendent. Il jette la tête en arrière. Cligne des yeux. S'approche de l'un de ces sages. Lui caresse le tronc.

Comme le dit le père Jonas, tant qu'il y aura des arbres, il y aura des hommes. C'est avec lui qu'il passe le plus beau de son temps. Il sait plus de choses que le maître d'école. Des choses vivantes, dont on peut se servir tous les jours.

Le sac battant ses omoplates, Jean-Pierre a repris son chemin. S'il ne se secoue pas, il va encore arriver en retard, et ce sera le drame ! Aussi profite-t-il de la pente, plongeant majestueusement vers la rivière, pour rattraper le temps perdu.

Sur un tapis d'herbe et d'humus, il pique un slalom entre les troncs. Comme les skieurs à la télé. Il s'aide d'un seul bâton, son sac l'empêchant d'en tenir deux. Le ski, c'est la seule chose qu'il regarde à la télévision.

Quand Jean-Pierre arrive au bord de l'eau, il est si essoufflé qu'il lui faut marquer une pause. Comme il l'a vu faire, il s'appuie sur son bâton et, buste incliné, bouche grande ouverte, il tente d'apaiser sa respiration. Puis se redresse, calmé, et tend le cou vers un imaginaire panneau d'affichage ; la foule, autour de lui, hurle. Il précède son rival de plus d'une seconde ! En outre, les haut-parleurs annoncent qu'il a aussi battu le record de la piste. Jean-Pierre Rouleau reste le meilleur descendeur de toute l'histoire du ski !

Une fois, il était parti en classe de neige. Mais il avait été déçu. C'était encore l'école. Et il fallait faire la queue, se mettre en rang devant les téléskis.

Malgré cela, il lui prend souvent l'envie d'y retourner. Ces immensités blanches le fascinent. Il n'y a que pour le ski qu'il accepterait d'abandonner sa forêt, ses poissons, ses oiseaux, son étang...

Jean-Pierre a repris sa marche. Près de la rivière, il fait plus sombre et plus frais que là-haut, sur le plateau.

Jean-Pierre marche vite. Plus de trace d'essoufflement. La neige est loin, et c'est la rivière qui captive toute son attention. Ses yeux fouillent le courant et remontent vers le haut, où un vieux pont romain l'enjambe dans une trouée de soleil.

A son approche, Jean-Pierre ralentit. Il avance avec plus de précaution, cherchant à faire le moins de bruit possible. Sur le pont, il se penche après avoir calculé son angle, afin de ne pas projeter brusquement son ombre sur la rivière.

« Je me doutais qu'elles étaient là », murmure-t-il.

Immobiles dans le soleil, indifférentes au courant, trois longues truites saumonées paraissent sommeiller.

« C'est maintenant qu'il faudrait que je les prenne...sont soûles de soleil ! »

Puis il sourit tendrement, pour ajouter :

« Mais ce n'est pas l'heure, mes petites. Profitez-en. Profitez de la vie tant qu'elle est belle ! »

Il se redresse et brandit son sac de toile écrue.

« J'ai déjà là-dedans ce qu'il me faut. Largement de quoi faire un bon repas. »

Et il détale en poussant un hurlement sauvage.

D'un buis, quelques oiseaux, affolés, s'envolent. Quant aux truites, elles ne bougent pas d'une écaille. Jean-Pierre n'a pas besoin de se retourner pour savoir qu'elles sont toujours à la même place. Il connaît mieux les truites que les tables de multiplication et a eu, maintes fois, l'occasion de vérifier le vieux dicton :

« *... une truite qui au soleil se dore*
est une truite presque dehors... »

De l'autre côté du pont, la pente est raide, mais Jean-Pierre l'avale d'un trait et ne s'immobilise qu'à la lisière. En ce point où l'ombre et la lumière se marient, il fait une dernière pause.

Devant lui, le pré au Dolmen descend en pente douce jusqu'au champ Béranger que, cette année, son père a emblavé.

5

« Jean-Pierre, où vas-tu encore ? Faut toujours qu'il rôde, ce garne... »

Clac.

La porte s'est refermée. Jean-Pierre se retrouve dans un autre monde. Là-bas, derrière les peupliers qui bruissent de plus en plus faiblement, le vent d'est souffle sur les dernières braises. Le jour s'éteint.

La température est douce, enveloppante. Libérés de l'écrasante chaleur, les parfums montent par vagues. Mais Jean-Pierre ne s'en soucie pas.

Machinalement, il lève son nez vers le ciel. La lune s'y devine.

« Tu t'en fous toi, pas vrai... », lui dit-il d'une voix grave.

Mais que peut faire une lune d'été, même pleine, pour un petit d'homme qui se sent brusquement perdu ? Rien, bien sûr. N'attendant aucune réponse, Jean-Pierre s'enfonce dans la nuit. Quand la porte de la ferme s'ouvre, sur la silhouette inquiète d'Odile, il a complètement disparu.

L'envie de sortir l'a pris, comme ça, brusquement. Il ne supportait plus l'éclairage jaune tombant des solives noires et l'émission télévisée l'agaçait.

Il se sent énervé, soucieux.

Pour la première fois, depuis qu'il la monte, Galéa l'a déçu, hier après-midi. Il comptait sur la complicité et l'amitié qui les lient pour sortir de cet état bizarre, mais ça n'a pas marché. Jamais il n'a pu se débarrasser de cet étrange poids qu'il porte en lui. Même lorsqu'ils s'étaient envolés tous les deux dans la forêt, il n'avait pas retrouvé ce sentiment de joyeuse liberté qu'il connaissait pourtant bien. Le seul moment où il avait vibré, c'est lorsque, surgissant du parc, il avait traversé la pelouse du château et que, passant pratiquement sous sa fenêtre, il avait fait semblant d'ignorer la silhouette d'Alexandra...

C'est quand il l'avait aperçue qu'il s'était senti heureux. Heureux d'être fièrement et solidement installé sur le dos de Galéa. Heureux de pouvoir lui flatter l'encolure, de s'incliner légèrement en avant et, les fesses à peine décollées de la selle, de lui dire :

« Allez, la belle, on y va... »

La jument avait frémi de tout son corps. Elle aussi paraissait heureuse de retrouver cette connivence. Il l'avait sentie se tasser sur son arrière-train. C'était entre eux le signal qu'elle était prête, et d'accord. Pas besoin de la talonner. Le temps de serrer les cuisses, de lâcher la bride, et Galéa partait comme une flèche.

Quand il s'était retrouvé un peu plus loin, l'enchantement avait disparu. Et ils étaient rentrés au petit trot, chacun dans sa bulle.

Et depuis, il n'a goût à rien.

La nuit baigne dans la lumière laiteuse de la lune. Traversant le chemin, trois lapereaux font danser leurs derrières blancs. D'ordinaire, Jean-Pierre se serait arrêté, ou aurait cherché à les rattraper. Ce soir, il continue d'avancer, tête basse. Il se baisse parfois et ramasse des cailloux. Mécaniquement, il les lance devant lui un à un et les cueille d'un shoot rageur quand ils sont presque au ras du sol.

Répondant à un mystérieux appel il oblique sur la droite, saute le fossé et s'enfonce dans le parc. Il ne se demande pas où il va.

Il y va.

Il marche vite. Il connaît les lieux aussi bien que le fond de ses poches. Il sait que, s'il veut atteindre le châtaignier sans se faire repérer, il lui faut gagner le jardin de fleurs à couper, sans quitter le couvert du parc.

Quelques minutes après, recroquevillé, il longe la haie de buis. Puis, courbé, il sprinte sur les vingt mètres de pelouse qui le séparent du châtaignier.

Le plus dur est fait.

Il se plaque contre le tronc rugueux, et regarde la façade éclairée du château. Personne aux fenêtres. D'un bond, Jean-Pierre accroche la première branche. Ses gestes sont sûrs et précis. Il n'avait pas douze ans qu'il l'escaladait déjà. Mêlé au feuillage, il choisit la plus grosse branche que le tronc lance en direction du château. Il l'enfourche et s'avance par petits bonds. Quand il s'immobilise, il est aux premières loges. Devant lui, à une trentaine de mètres à peine, trois fenêtres.

Mais c'est celle du milieu qui l'intéresse. La seule qui, pour l'instant, ne soit pas éclairée.

Sa mère est tout le temps en train de maugréer après lui, disant qu'il ne fait rien, mais il les a tout de même aidées, elle et la Marguerite, à astiquer le château. Il était avec elles dans toutes les pièces à passer le balai, la serpillière et l'encaustique. C'est comme ça qu'il a su où était la chambre d'Alexandra. Avant elle, il s'est accoudé sur le balcon, et ses yeux se sont perdus dans le feuillage du châtaignier...

La lune est déjà haute quand la fenêtre cesse d'être cet insupportable rectangle noir. Il est sur ses gardes, concentré et attentif, mais en jaillissant la lumière le fait tout de même sursauter. Tout là-haut, une chouette, brusquement dérangée, ulule. Sa présence rassure Jean-Pierre.

Alexandra et sa mère viennent d'entrer dans la pièce. La fille s'est couchée et la maman se penche.

Jean-Pierre retient son souffle.

C'est la première fois de sa vie qu'il imagine un baiser... Brusquement, il ne se sent plus très à l'aise sur son perchoir. Et s'il tombait ?

Jean-Pierre veut revenir en arrière. Mais c'est plus difficile de reculer que d'avancer, sur cette maudite branche ! Il essaie de se retourner, manque de tomber et se rattrape *in extremis.*

La panique !

Quand machinalement il regarde à nouveau en direction de la chambre, il est stupéfait. A nouveau c'est le noir, mais une forme blanche est accoudée au garde-corps et regarde dans sa direction. Soudain il est sûr qu'elle l'a vu, lorsqu'il cherchait à retrouver son équilibre !

L'idée qu'elle puisse croire qu'il l'espionne, le glace. Plus jamais il n'osera la regarder en face !

C'est l'instant que choisit la chouette pour se manifester. Après avoir lancé son lugubre ululement, elle s'envole dans le vacarme de feuilles fouettées et d'ailes claquant.

Surprise, Alexandra pousse un cri. Puis, voyant surgir l'oiseau de nuit, se recule d'un bond et ferme la fenêtre.

Jean-Pierre essuie son front moite et remercie mentalement la chouette qui l'a tiré de ce mauvais pas. Puis il s'impose une bonne demi-heure d'immobilité absolue. Il a bien failli se faire avoir.

Cette nuit, à l'heure où, agité, il cherche le sommeil, il revoit la silhouette blanche et vaporeuse d'Alexandra, puis son visage aux yeux verts encadré de boucles brunes.

6

Quelle angoisse !

Jamais Alexandra n'aurait imaginé que c'était aussi ennuyeux, la pêche. Assise devant son bouchon qui s'agite inutilement depuis des heures, elle regrette amèrement de s'être levée si tôt. Décidément, tout va mal. Depuis le début des vacances c'est comme ça. Et il n'y a aucune raison pour que ça change. Alors...

Sa mère n'a peut-être pas tort. Au début, Alexandra trouvait qu'elle exagérait. Mais quand elle voit la tournure que prennent les événements, elle sent bien qu'elle ne va pas tarder à rejoindre son camp. C'est vrai quoi ! On s'attend à de grandes joies, et crac... ce ne sont que des déceptions.

Des catastrophes. La cata, pour parler comme au lycée.

Comme cette pêche, tiens...

Hier soir, quand son père lui a dit : « Est-ce que ça te dirait, ma petite Alexandra, de venir à la pêche demain matin avec nous ? », elle était déjà tout excitée. Surtout après avoir mangé ces délicieuses truites offertes par le fils des fermiers.

Et quand son père, agitant son index et roulant des yeux, lui avait dit : « Mais je te préviens, il faudra se lever tôt », elle avait ri en haussant ses épaules. Elle savait que ça ne posait aucun problème. Ce n'est jamais l'heure qui importe, mais la raison pour laquelle on se lève...

Et l'aube du lendemain avait déjà un parfum d'aventure.

En arrivant à la Ricordaine, la petite Parisienne, éberluée, n'était pas encore parvenue à s'arracher au charme de l'aube. Elle avait dans les yeux sa lumière douce ; dans les oreilles ses chants d'oiseaux ; et dans les narines son subtil parfum de rosée. Quand le père Rouleau les avait salués, les bras chargés de cannes et de tout un attirail très compliqué, elle était toujours aussi émerveillée. Et puis, au moment du départ, les choses avaient commencé à se gâter.

Première déception, le fils Rouleau, le fameux expert en pêche qu'elle prévoyait d'impressionner, n'était pas là. Au fond, ce petit détail aurait été sans importance si... elle n'avait pas ressenti cette absence comme une dérobade. Elle aurait dû s'en douter d'ailleurs. Il n'en était pas à son coup d'essai. Le jour de son arrivée, ne lui avait-il pas déjà fait faux bond, en n'étant pas ce gamin enchifrené dont elle rêvait de s'occuper ?

A la place du jouvenceau respectueux de sa jeune châtelaine qu'elle avait imaginé, elle avait trouvé un adolescent lointain, presque hautain. Un excellent cavalier, qui avait, de surcroît, l'audace de s'habiller sans tenir compte des modes !

Pour qui il se prenait, celui-là ?

Alexandra s'était laissé guider jusqu'à la rivière.

Le sous-bois enchanteur lui fit oublier sa première déception. Malheureusement, une seconde déconvenue l'attendait au bord de l'eau.

Le matériel était à peine déballé qu'elle vit son père se couvrir de ridicule. Elle en eut le feu aux joues. Comment cet homme talentueux, et dont la voix faisait trembler les murs du Palais de Justice de Paris, pouvait-il se mettre dans une situation pareille ? Et devant M. Rouleau !

Cet orateur n'avait aucun don pour la pêche à la *cuiller*. Pourtant on aurait pu croire que, familier des grandes envolées de manches et des gracieux moulinets de bras, il aurait été aussi à l'aise au lancer qu'au prétoire. Il devait le croire aussi !

Il était sûr de lui, maître Vergnault, lorsqu'il s'était avancé dans le courant. Simplement la seconde d'après il avait glissé. Les fesses dans l'eau, son fil enroulé autour d'une touffe d'herbe, il manquait nettement d'allure ! Alexandra, les yeux exorbités, vit le père Rouleau éclater de rire. Un rire tonitruant et joyeux.

Quelle honte ! Si elle n'avait craint de se retrouver, elle aussi, barbotante dans l'eau fraîche, elle se serait précipitée sur son père et l'aurait sorti de là en lui interdisant de recommencer pareille bêtise !

Et la séance ne faisait que commencer ! Il était têtu, maître Vergnault.

Maladroit mais têtu.

Une deuxième tentative. Un second plongeon !

Le père Rouleau, sagement, avec beaucoup de tact, lui avait alors conseillé d'aller s'installer là, en plein soleil, sur cette roche plate surplombant l'écume, afin de sécher ses vêtements. Et pour qu'il ne soit pas venu pour rien, il lui avait mis entre les mains une canne semblable à celle d'Alexandra. Un de ces trucs sans danger que l'on donne aux enfants quoi !

Mais le plus humiliant ce fut que, lui-même, pour ne pas indisposer maître Vergnault, rangea son lancer et pêcha comme les apprentis parisiens : au bouchon.

Quelle humiliation ! Quel ridicule ! Heureusement que ce fier-à-bras de Jean-Pierre avait eu la bonne idée de déclarer forfait.

Et tout ça pour rien !

Les truites, sans doute effrayées par les tentatives malhabiles de maître Vergnault, ne daignent pas mordre à l'hameçon.

Pénible !

Des heures que ça dure, et pas la moindre touche. Alexandra n'en peut vraiment plus de fixer ce bidule rouge qui ne s'enfonce jamais. S'il ne se passe pas quelque chose, sûr qu'elle va craquer.

Ah ! ces vacances, elle s'en souviendra !

Excédée, elle lève les yeux dans l'espoir de rencontrer le regard de son père et lui expédier un S.O.S., ou un ultimatum. Un de ces messages qui ordonnent une action immédiate. Mi-implorante, mi-furieuse, elle se redresse et manque pousser un hurlement !

« Qu'est-ce qu'il fait là, celui-ci ? »

Jean-Pierre est de l'autre côté de la rivière et Alexandra ne l'a même pas entendu venir. Depuis combien de temps est-il là, avec ses grandes bottes montant jusqu'aux genoux, sa chemise sans col et son gilet sans manches ? Le temps d'être surprise, et elle le voit s'élancer dans le courant. Il est aussi à l'aise dans l'eau que sur un cheval. Il ne risque pas de trébucher, lui. Tel un équilibriste sur son fil, il se dirige vers son père en criant :

« Papa..., papa... M. Raymond est tombé en voulant sauter la haie du pré au Dolmen. Tu vois où... Galéa s'est dérobée et M. Raymond a été désarçonné. J'ai réussi à le hisser sur la jument. Mais je voyais bien que ça n'allait pas. Arrivés à la ferme, il n'a pu aller plus loin. Il avait trop mal. Je me demande s'il ne s'est pas cassé quelque chose. On ne peut pas le laisser comme ça... »

Le père Rouleau est déjà debout. Maître Vergnault ne tarde pas à venir le rejoindre. On va s'occuper de lui. D'ailleurs, cette pêche, tout le monde est d'accord pour reconnaître qu'elle n'a rien de folichon.

L'avocat a retrouvé son aisance et son aplomb. Immédiatement, il propose d'amener le blessé à l'hôpital avec sa voiture. Les deux hommes décident de ne pas laisser M. Raymond souffrir plus longtemps. Jean-Pierre se propose de les accompagner, mais le père Rouleau estime qu'ils seront assez de tous les deux pour l'installer dans la CX. Il faut ranger l'attirail qui traîne ici et le rapporter à la ferme. Un maraudeur pourrait s'en emparer.

Bien entendu, M. Vergnault insiste pour qu'Alexandra aide Jean-Pierre. Elle hausse les épaules. Décidément, son père n'est pas bien ce matin. La pêche ne doit pas lui réussir. Ce n'est pas parce que ce garnement a pris l'habitude de la laisser tomber qu'elle va l'abandonner à son triste sort !

Maître Vergnault a déjà tourné les talons et s'engage dans le sillage de son fermier. Le temps de réaliser, et Alexandra a brusquement le feu aux joues.

C'est que... c'est la première fois qu'elle se retrouve seule avec Jean-Pierre. Pourquoi rougit-elle ? Elle se moque de lui comme de sa première paire de collants. Comme l'a expliqué son prof de sciences-nat, son muscle cardiaque s'accélère et ses vaisseaux sanguins se dilatent.

Cependant, le fait de savoir comment fonctionne son système sanguin ne l'aide pas à se tirer de cette situation. Elle rougit parce qu'elle est embarrassée, et elle est embarrassée de rougir. C'est un cercle vicieux. Pour le rompre, elle se précipite sur l'attirail.

Mais la seconde d'après, elle se retrouve encore plus bête. Quoi faire de ces fils et de ces bouts de cannes qui s'emboîtent ?

L'œil narquois, le sourire ironique au coin des lèvres, Jean-Pierre la regarde. Alexandra panique et serre les dents. Elle ne dira rien. C'est mal connaître une Vergnault que de croire qu'elle s'abaissera à implorer. Elle a sans doute raison de faire confiance à son opiniâtreté, car il finit par dire, en s'approchant d'elle :

« Mais non..., c'est pas comme ça ! »

Furibarde, elle plante ses yeux dans les siens.

« Ah ! tout de même... tu te décides ! Je commençais à croire que tu ne t'y connaissais pas plus que moi... »

Les adorables yeux vert olive sont devenus presque noirs. Jean-Pierre ne peut soutenir ce regard. Il ne rougit pas, mais son cœur s'affole, lui aussi. Il lui prend la canne des mains, le moins brusquement possible, et lui montre comment on plante l'hameçon dans le liège du plie-ligne, puis comment on y enroule le fil de nylon.

« Voilà, c'est pas plus compliqué. »

Alexandra hoche la tête. Elle a ressenti la panique de Jean-Pierre, ce qui lui permet de se décontracter davantage.

« C'est comme tout, suffit de savoir, pas vrai ? »

Il ne dit rien. Visiblement elle est plus à l'aise que lui dans les échanges verbaux.

Tandis que, tirant et forçant, il démonte la canne, elle ajoute :

« Effectivement, tu t'y connais. Mais j'ai eu peur... »

Jean-Pierre interrompt son geste et la regarde, interloqué.

« J'ai bien cru que tu ne savais pas mieux pêcher que moi, continue-t-elle sans se troubler. J'en arrivais même à penser que les truites de l'autre fois, tu les avais achetées... »

Là, elle y est peut-être allée un peu fort. Il la considère, bouche bée. Cette fille a le don de le surprendre. Comment peut-on être si belle, paraître si douce et, sous une peau de pêche, cacher l'acidité du citron ?

Elle s'est emparée d'un fil et commence à l'enrouler autour du plie-ligne, comme il le lui a montré. Elle paraît absorbée par sa tâche et ne rien voir de la mine ahurie tournée vers elle. Et, alors que Jean-Pierre en est encore à chercher ses mots et à se demander si elle ne se moque pas de lui, elle ajoute de sa voix d'onde claire :

« Remarque, l'idée m'est pas venue comme ça. Je ne sais pas si tu as jeté un œil dans les paniers, mais ils sont désespérément vides. En quatre heures, la seule chose que j'ai vue bouger dans cette sacrée rivière, c'est mon bouchon. De là à penser que les truites venaient de chez le poissonnier du coin... »

Là, elle a dépassé les bornes. Sur ce terrain, il n'y a pas plus chatouilleux qu'un chasseur ou qu'un pêcheur. Jean-Pierre n'a brusquement pas besoin de chercher ses mots.

« C'est dommage qu'on n'ait pas le temps... »

Dans son emportement, il s'est approché d'Alexandra et lui pose la main sur l'épaule.

« Je t'aurais amenée dans le courant et t'aurais vu. T'aurais vu l'artiste travailler sans canne et sans filet. »

Mais, alors qu'il aurait pu s'attendre à ce qu'elle le traite de fanfaron, elle demande :

« Que veux-tu dire ? Puisqu'on ne va pas à l'hosto, on a tout notre temps... »

Est-ce de la provocation ? Encore une fois, Jean-Pierre est décontenancé. Il commence par retirer sa main en rougissant. Faudra qu'il se surveille. On ne traite pas une jeune fille comme un vieux camarade de classe. Heureusement, elle semble ne s'être aperçue de rien.

Il a eu chaud.

Il s'essuie lentement le front et se racle la gorge pour expliquer :

« C'est que je ne peux pas laisser les chevaux à la ferme. Faut que je les ramène au haras. Mais cet après-midi, si tu veux, je pourrais te montrer comment on peut manger de la truite quand on en a envie.

— Tu veux dire que pour toi la pêche ce n'est pas de la chance ou du hasard ? »

Le ton a changé.

« Si tu veux, » répond-il laconiquement.

Avec la démonstration de ce matin, cela lui paraît évidemment impossible. Elle se promet donc de relever le défi.

Tout en s'affrontant, ils ont rassemblé le matériel. Une fois repartis, ils prennent le chemin du retour sans plus échanger un mot. Alexandra a retrouvé sa timidité. Quant à Jean-Pierre, il voudrait bien dire quelque chose, rien que pour entendre sa voix d'eau claire, mais impossible ! Il a la tête vide. Et, quand il croit tenir une phrase, ses mots s'égarent avant d'atteindre la sortie.

Pourtant, il aimerait pouvoir lui raconter ce sentiment de béatitude qui s'éveille au fond de lui quand il la voit. Quand il l'entend.

Ou simplement quand il est près d'elle.

« Je te présente Galéa et Simoun. »

C'est tout ce qu'il a trouvé pour la retenir.

Parce qu'il vit seul et parle peu, Jean-Pierre sait le pouvoir des mots.

A la façon dont Alexandra s'approche des chevaux et leur flatte l'encolure, il comprend qu'ils pourraient bien, tous les deux, partager la même passion. Il la regarde poser son front sur la joue de Galéa et lui caresser les naseaux.

Surprise, la jument secoue la tête. Sa queue fouette l'air avant de claquer sur sa croupe.

« Là, ma belle, doucement... N'aie pas peur... je m'appelle Alexandra... »

Jean-Pierre déglutit avec difficulté. Il ne peut pas s'empêcher d'être un peu jaloux.

Jaloux mais content de voir la jeune fille réagir

comme ça. Elle a su immédiatement comment il fallait prendre la jument.

« Tu aimes les chevaux, hein ?

— Tu parles..., je les adore. »

Elle a lâché Galéa et s'avance vers Simoun.

« Bonjour, Simoun. Tu as une superbe robe grise. Et puis ton nom fait rêver...

— Le simoun est un vent chaud qui vient du désert, s'empresse-t-il d'expliquer. Et je t'assure qu'il porte bien son nom. C'est un anglo-arabe. Il est très doux, mais si tu le voyais au galop... »

Simoun s'est laissé caresser le poitrail sans marquer le moindre mouvement de nervosité.

« Ben dis donc, on dirait que tu lui plais, au vieux berbère. »

Il baisse le ton pour ajouter :

« C'est comme ça que je l'appelle quand je suis seul avec lui. Mais... chut..., ne le répète pas. On ne sait jamais, devant les autres il pourrait se vexer. »

Ils rient tous les deux de bon cœur. Mais Alexandra est plus touchée qu'elle ne l'aurait cru par la connivence. Évidemment, elle n'en laisse rien paraître et s'empresse de fourrer son nez dans la crinière grise de Simoun. Elle retrouve avec émoi cette odeur forte. Entêtante.

« Tu es déjà montée ? » demande-t-il, négligemment, un bras passé sur le garrot de Galéa.

Alexandra se retourne.

Ses boucles volent et lui font comme une auréole.

« Oui, quelquefois. Mais... je ne suis pas une grande cavalière. C'est pas comme toi... »

Il se trouble. Fait l'ignorant.

« Co... comment, pas comme moi ?

— Je t'ai vu passer l'autre soir sur Galéa. Tu sortais du parc et tu as traversé la pelouse. Tu peux pas savoir comme je t'ai envié... »

Fou d'espoir, Jean-Pierre saute sur l'occasion.

« Ben, t'as qu'à venir avec moi. Tu ramèneras Simoun puisque vous êtes déjà copains. »

Alexandra hésite. Jean-Pierre est tout crispé. Il s'occupe négligemment de Galéa histoire d'avoir l'air décontract.

Il retient son souffle et n'ose pas la regarder.

« C'est que... avec l'accident de ce matin, je ne suis pas très rassurée. Et puis... je ne sais pas si ma mère voudra. C'est loin, le haras ? »

Jean-Pierre n'est pas sûr d'avoir bien entendu. Cependant, il se dépêche de dire :

« Un quart d'heure en marchant au pas. »

Il ment, c'est au moins le double.

« Tu es sûr qu'il est doux ? »

S'il osait, il lui affirmerait que Simoun est encore plus inoffensif qu'un cheval de bois.

« Je te l'ai déjà dit. Il n'y a pas plus doux que lui. Et puis... à son âge... c'est pas pour rien que je l'appelle vieux berbère, précise-t-il avec une mimique, il ne souhaite qu'une seule chose : être peinard ! »

Alexandra regarde Jean-Pierre. Jamais elle ne l'a regardé comme ça. Ses yeux luisent. Une irrésistible envie de faire cette balade s'est emparée d'elle. C'est trop bête. Elle ne va pas laisser passer une telle occasion.

Elle avale une goulée d'air et plonge.

« C'est d'ac... Mais on passe d'abord au château, s'entend-elle dire.

— Rien de plus facile. »

Jean-Pierre a à peine terminé sa phrase que, fou de joie, il détache Galéa et l'enfourche en voltige. La jument hennit et accuse le choc en détalant au petit galop sur quelques mètres. Quand il réussit à la maîtriser et se retourne, il comprend qu'il est allé un peu trop vite.

Et que même il a manqué à tous ses devoirs.

Alexandra tient Simoun par la bride, mais ne sait trop comment faire pour grimper dessus.

« Attends, je viens t'aider... »

Il lance Galéa dans sa direction et saute avant qu'elle ne soit arrêtée. Il atterrit souplement à côté de la jeune fille, tenant les rênes fermement serrées dans sa main.

« Allez..., pose ton pied là, et grimpe. Tu sais monter comme ça ? »

Alexandra acquiesce. Quant à Jean-Pierre, il rit. Mais son rire est plutôt jeune. Ils n'ont jamais été aussi près l'un de l'autre.

« Vas-y. »

Alexandra s'accroche à la selle et pose un pied hésitant sur la cuisse du jeune homme. Et si elle allait lui faire mal avec le talon de sa botte ? Un instant elle regrette de ne pas avoir mis ses bottines de caoutchouc.

« Un, deux et... trois. »

C'est lui qui a mis fin à ses atermoiements. De sa main libre, il l'a aidée.

Alexandra n'est pas très sûre, mais fermement décidée à n'en rien laisser paraître.

« Sois tranquille, nous marcherons au pas. Prête ? »

Elle hoche la tête, un brin crispée.

« On y va, Simoun... là..., là..., doucement. »

Jean-Pierre les a laissés prendre un peu d'avance. D'un bond, il enfourche Galéa. Mais cette fois il a pris soin de bloquer la bride sur le garrot.

Quand il arrive à sa hauteur, cette présence grande et souple rassure la jeune fille. Elle se sent en confiance.

Là-bas, devant la grande demeure, Annie Vergnault les regarde venir en s'agitant. Dès qu'elle est au courant du projet, elle s'inquiète. S'affole. Tempête. Mais Alexandra a tout prévu. Elle laisse placidement passer l'orage et, à la première accalmie, arrête définitivement le flot. Elle affirme, sans éclat, que devant la gravité de la situation son père lui a expressément demandé d'aider le fils des fermiers.

Quant à Simoun elle n'a aucun souci à se faire, il est doux comme un agneau ! Le ton est si persuasif et les arguments si assurés, que Mme Vergnault ne trouve plus rien à dire. Elle ne peut que laisser filer sa fille en lui prodiguant les derniers conseils de prudence.

Jean-Pierre, qui a suivi le débat à quelques pas, n'a pu qu'admirer l'aplomb d'Alexandra. Mais quand elle a carrément donné dans le mensonge, alors là, il a eu son petit choc à l'estomac. Signe des grandes émotions !

Elle fait la fière, mais elle n'est pas très rassurée sur son anglo-arabe soi-disant doux comme un agneau. Sous ses fesses, et malgré la selle, elle sent la dureté des muscles parfois traversés par un frisson de nervosité. Immédiatement après Simoun relève la tête, secouant sa crinière, et Alexandra ne peut s'empêcher de se crisper davantage.

Pourtant, le même sourire éclaire son visage.

Elle est heureuse.

Et sa trouille n'est rien comparée au sentiment de liberté qui l'étreint. Chaque mètre qui la voit juchée sur ce canasson est une victoire sur elle-même.

De temps à autre, quand tout lui paraît calme, elle ose glisser un œil en direction de Jean-Pierre qui caracole à ses côtés, tout aussi heureux.

Ils n'ont pas besoin de parler. Tout est dans leurs regards quand ils se croisent. Oubliés les malentendus. Oubliés les premières déceptions et les tournoiements de la timidité. Oublié le choc de la première rencontre. C'est un peu comme si, soudain, ils se connaissaient depuis toujours, depuis leur plus petite enfance.

Le soleil écrase leurs ombres sur l'herbe rase. C'est un été plein de promesses et de sortilèges. Ils n'ont rien à dire. Tout est contenu dans cet instant merveilleux qui les conduit au haras de Saint-Aignan.

Plus elle le regarde et plus elle lui trouve de l'allure, de l'aisance, de la décontraction. Il pourrait en tirer une certaine gloriole ! Eh bien, non... Au contraire. Il paraît gêné de monter mieux qu'elle. Comme pour s'excuser, il n'arrête pas de lui sourire.

Pour un peu, Jean-Pierre monterait au ciel. Depuis qu'elle a accepté de le suivre, il a l'impression d'être entré au paradis. Plus rien n'est pareil, et cette nature qu'il connaît tant lui semble à présent irréelle. Dans la couleur des feuilles, dans l'odeur de la terre, dans le souffle du vent, il y a la présence d'Alexandra.

Quand, ayant enfin remis les chevaux dans leurs boxes, il lui murmure : « Merci » et qu'elle répond sur le même ton : « Il n'y a pas de quoi, tout le plaisir était pour moi », c'en est définitivement terminé.

Ils sont amis.

La glace est rompue. Ils n'ont plus peur l'un de l'autre. Quelque chose est né entre eux, mais ils ne savent pas quoi... Aucune importance, c'est doux, instantané ! Le chemin du retour leur permet de faire connaissance. Ils se présentent, se racontent, s'arrêtent pour mieux s'écouter, musardent pour mieux s'apprécier, ralentissent, s'assoient et, bien entendu, oublient le reste du monde. C'est fou ce qu'on peut discuter quand on est en confiance... C'est fou aussi ce que les heures tournent vite. La table est mise depuis longtemps et le repas a eu le temps de refroidir trois fois lorsqu'ils arrivent enfin chez leurs parents respectifs.

7

La cuisine du château revit. Un coup de baguette magique a tout réveillé. L'après-midi est lourd de soleil. L'air est mûr comme un fruit sucré. Autour de la treille, les abeilles s'affolent. Leur bourdonnement ressemble à une prière lointaine. Par la porte-fenêtre ouverte, le soleil entre à flots, longe le carrelage, remonte à angle droit sur le mur, se brise sur l'étagère des cuivres. Astiquées de neuf, les casseroles reluisent. Les pots de grès ont été remplis d'herbes et de tisanes. Les chapelets d'ails et d'échalotes pendent à nouveau au-dessus des corbeilles de légumes. Le rouge des tomates se mêle au vert des poivrons. Des touffes de persil émergent des aubergines et des courgettes. Le panier à pommes de terre est plein. Les radis semblent plantés dans un bol blanc.

Odile plisse les yeux. Elle aime que chaque chose soit à sa place. Et cela la rassure de voir la nourriture bien rangée, le carreau des fenêtres bien propre, la pile et l'évier bien nets. Assise devant Marguerite, elle trie les haricots verts.

« Il y aura de bonnes conserves, cette année ! »

Odile hoche la tête. Elle n'a pas envie de parler. Il fait trop chaud, il fait trop bon. Et puis, cette lumière lui rappelle tant de souvenirs... C'était il n'y a pas loin de vingt ans. Jean-Pierre n'était pas né. Elle venait d'arriver au château du Noyer. Toute jeunette, tout empêtrée, elle devait faire la cuisine, servir à table et s'occuper du linge. C'est par un après-midi comme celui-là qu'elle avait rencontré pour la première fois le père Rouleau. Ah! ça, elle l'avait trouvé beau, le gars René! L'amour, ça prend d'un seul coup, on ne sait pas comment...

D'un geste machinal, elle se saisit d'une poignée de haricots, en casse les queues. On peut dire qu'ils sont tendres... De l'autre côté de la table de chêne, Marguerite l'observe. C'est une amie d'enfance. Elle connaît son Odile par cœur.

« Qu'est-ce que tu as ?
— Rien. Rien du tout ! »

Les souvenirs varient suivant l'âge, plus on avance et plus ils sont nostalgiques. C'est tout bête, mais Odile voudrait bien avoir encore ses dix-huit ans...

« Ça ne va pas en ce moment, insiste Marguerite pour qui le silence a toujours ressemblé à une maladie.
— Pourquoi tu dis ça ? »

Marguerite a le visage rond comme une pleine lune. Ça lui donne un air bêta. Mais il ne faut pas s'y fier, elle est futée. On ne peut pas lui cacher grand-chose. Elle n'a pas besoin de confidences. Il lui suffit de voir la mine des gens. Il paraît qu'ils changent de couleur selon qu'ils sont gais ou tristes, soucieux ou sereins. C'est en tout cas ce que dit la

Marguerite. Elle en dit tant... Mécaniquement, Odile reprend une poignée de haricots.

« Tu aurais voulu revenir travailler au château ?

— Oh ! non, s'écrie Odile. Oh ! non !... Je suis contente de venir t'aider, mais je ne pourrais pas rester... enfin, je crois que Mme Vergnault... c'est une grande dame, tu comprends !

— Une grande dame, renchérit Marguerite avec dans le pli de la bouche une certaine admiration.

— Je ne suis pas très à l'aise, continue Odile, surtout que les enfants... »

Elle s'arrête net, rougissante. Marguerite retient un sourire et glisse :

« On a du mal à les voir l'un sans l'autre.

— C'est qu'ils sont jeunes gens, maintenant.

— Plutôt beaux !

— Faudrait pas que ça tourne.

— Avec cette chaleur, ma pauvre Odile, comment veux-tu que ça ne tourne pas ? »

Et comme pour bien montrer que ce ne sont pas des paroles en l'air, Marguerite s'éponge le front.

Les doux souvenirs de jeunesse s'effacent d'un coup. Les soucis reviennent et font l'après-midi moins radieux. Ça prend tellement vite, l'amour !

« Je ne sais pas pourquoi les enfants grandissent, soupire Odile.

— C'est pour ça que je n'en ai pas eu. Le bon Dieu m'a protégée. J'étais pas capable de les regarder pousser.

— Intéressant », dit Annie en entrant en coup de vent par la porte de derrière.

Les deux femmes sursautent.

« Excusez-moi, je suis désolée de vous déranger,

mais j'ai besoin de m'entretenir avec vous, Odile. Pourriez-vous m'accorder quelques minutes ? »

C'est à la fois aimable et autoritaire. Annie est encore embarrassée par son rôle de châtelaine. Elle ne sait pas comment s'y prendre, avec les Rouleau surtout... Ce qu'on peut croire hautain n'est souvent que timidité. Au fond, Odile le sent. Il lui est pourtant impossible d'agir en conséquence. Entre elles, il y a une crispation qui ne parvient pas à se dénouer. Pour paraître respectueuse Odile en devient servile. Pour paraître accessible, Annie en devient fade.

Sous l'œil vigilant de la grosse Marguerite, la mère Rouleau se redresse avec précipitation.

« Ce n'est pas grave, au moins ? »

Annie lui lance un regard amusé :

« Ne vous en faites pas, Marguerite, nous n'en aurons pas pour longtemps. Ah ! pendant que j'y pense, demain soir, j'ai un bridge avec le médecin et sa femme... Il faudrait prévoir un repas froid. D'autre part, M. Vergnault revient de Paris samedi midi, vous savez combien il apprécie votre coq au vin ! »

Marguerite dodeline de la tête. On pourrait penser qu'elle acquiesce. En fait, elle trouve que la châtelaine est de plus en plus belle. L'air de la campagne lui profite. Elle a légèrement grossi. Le soleil lui dore la peau et les cheveux. Si Marguerite avait dû être quelqu'un, c'est à Annie Vergnault qu'elle aurait aimé ressembler. Elle la regarde s'éloigner, toute fringante dans sa robe blanche. Elle envie Odile d'aller comme ça discuter avec cette grande dame.

Mais Odile, en cette seconde précise, préférerait

se glisser dans un trou de souris. Un vague pressentiment lui noue la gorge. Sûr qu'il est question des « petits » ! Qu'ont-ils encore inventé ? Elle voudrait bien les protéger, mais comment ?

Annie l'entraîne à travers le couloir qui mène au salon. Le salon de tous les jours qui, à l'autre extrémité du château, s'ouvre sur la pergola.

« Asseyez-vous, madame Rouleau ! »

Sans choisir, Odile s'installe dans un fauteuil de rotin, parce que, sans doute, c'est le plus modeste.

Comme dans la cuisine, le soleil entre à flots. Le parfum des rosiers grimpants embaume la pièce. Par l'autre fenêtre, on voit le vert de la pelouse, l'alignement des premiers troncs du parc.

Ennuyée, ne sachant pas par quel bout commencer, Annie tourne, arrange son bouquet de fleurs, prend un bibelot, le repose, en reprend un autre. Pour rien au monde, Odile n'oserait intervenir. Ce silence l'oppresse, mais elle ne se sent pas en droit d'y mettre fin.

« Je ne sais plus comment la raisonner, dit enfin Annie. Jusqu'à maintenant, j'ai usé de la douceur, je crois que je vais être obligée de changer de méthodes... »

Elle croise les doigts, fait quelques pas, et se laisse choir sur le divan. Son visage, si soigneusement maquillé, s'est décomposé d'un coup. La femme fière et secrète n'est plus qu'une mère. Une mère inquiète.

Jamais Odile ne s'est sentie à ce point proche d'elle. C'est instantané et miraculeux.

« Ils ont fait des sottises ? »

Annie hausse les épaules :

« Comment le savoir ? Ils galopent partout, ils

sont toujours par monts et par vaux, nous ne pouvons les suivre. La forêt est trop grande...

— Pour Jean-Pierre, ce n'est pas nouveau, il n'a jamais tenu en place. Même qu'à l'école...

— Nous reviendrons à votre fils, madame Rouleau, mais pour l'instant je veux vous parler de ma fille. Elle n'a jamais été aussi indisciplinée que depuis que nous sommes ici... »

Odile se raidit sensiblement. Il ne faudrait pas que la faute soit rejetée sur un seul... D'un pâle sourire, Annie Vergnault la rassure :

« Tout ne vient pas de votre garçon, évidemment, mais disons que son influence n'est pas négligeable et que notre devoir est d'y mettre un terme. »

Odile secoue la tête. Son regard bleu aux paillettes brunes se voile. Annie la sent tendue, aussi ajoute-t-elle très vite :

« Ce n'est pas à vous que j'apprendrais qu'ils sont inséparables, traînent ensemble toute la sainte journée au point d'en oublier l'heure !

— C'est que... » tente d'intervenir faiblement Odile, que le ton de Mme Vergnault impressionne.

C'est un besoin chez Odile. Il faut qu'elle les défende. Même si, au fond, elle est plutôt inquiète, elle aussi.

« Je ne peux plus la tenir, poursuit Annie comme pour elle-même. Depuis le départ de mon mari nous n'avons pas passé deux heures ensemble. Je lui ai demandé de m'aider au jardin. C'est pourtant agréable de couper des fleurs, de cueillir des haricots... »

Est-ce que Mme Vergnault prendrait goût à la campagne ? songe Odile.

« Inutile de vous préciser qu'elle a été si désagréable que je l'ai libérée. Je n'ai exigé qu'une seule chose, c'est qu'elle travaille tous les après-midi dans sa chambre. »

Annie se relève, énervée. Redresse un cadre et revient à son divan.

« Hier, il n'y a pas eu de problème, mais aujourd'hui elle a filé. Sa chambre est vide. Son livre d'anglais est ouvert et c'est tout...

— Ce sont les vacances... les premiers jours... »

Odile est partagée. D'un côté, elle donne raison à Annie, de l'autre, elle comprend les chenapans qui gambadent tous les jours au soleil.

« Ce ne sont pas nos premières vacances, madame Rouleau ! Mais je peux vous affirmer que c'est la première fois qu'Alexandra se conduit de la sorte.

— Les enfants changent en grandissant.

— C'est bien ce qui me tracasse, réplique Annie avec une certaine sécheresse, ils grandissent. Ce sont des adolescents, et avec tout ce qui se passe en ce moment, je ne suis pas tranquille. Les enfants sont de plus en plus précoces et allez savoir ce qu'ils vont se mettre dans la tête tous les deux ! »

Cette fois, Odile n'a plus beaucoup d'arguments à lui opposer. Son visage prend une expression douloureuse. Annie se radoucit subitement :

« Ma fille est romanesque, je la connais et c'est pour ça que j'ai peur. Vous me comprenez, madame Rouleau ?

— Dame !

— Votre fils est un beau gars, il est gentil, je suis certain qu'il vous apporte des tas de satisfactions, mais, il n'y a rien à faire, il n'est pas du monde de... enfin... je veux dire qu'ils sont trop différents l'un de l'autre... »

Annie est très ennuyée. Elle ne voudrait pas vexer Odile Rouleau.

« Alexandra adore les études, j'ai entendu dire que Jean-Pierre les déteste. Ce n'est qu'un exemple, bien sûr, mais vous voyez ce que je veux dire...

— Dame oui, répond Odile avec émotion, c'est comme l'histoire du rat des champs et du rat des villes.

— Exactement, s'exclame Annie avec soulagement, personne n'a tort, c'est la vie qui...

— ... qui sépare les choses et les gens ! »

C'est dit avec douceur et compréhension.

Annie baisse la tête. Elle n'aime pas ce qu'elle fait en ce moment. Au fond, elle a même l'impression de trahir quelque chose d'essentiel. Mais comment ne pas être responsable et donc, prévoyante ? Odile l'observe, mais elle sait exactement ce qu'elle va lui demander. Elle non plus n'a pas envie que son fils soit malheureux.

« Je suis désolée, mais pouvez-vous éloigner Jean-Pierre ? Ne pourrait-il aller une quinzaine de jours dans votre famille ? Un mois serait idéal, mais je n'ose...

— Après la course sûrement.

— Bon, souffle Annie, soulagée, nous verrons ça avec Albert et votre époux, mais je préférais que nous nous mettions d'accord entre femmes. »

Annie voudrait reprendre sa voix décidée et énergique, elle n'y parvient pas. Au fond, tout au fond, elle est, comme Odile, bouleversée et confuse.

« Vont pas être contents, nos petits !

— Je sais, approuve Annie, mais comment faire ? »

8

Ils abandonnent le ruban de goudron sur lequel les rayons de soleil s'écrasent et se ramollissent, pour couper à travers prés et bois.

Alexandra n'en peut plus. Jean-Pierre ralentit. Ils reprennent haleine sur le sommet de la colline, puis décident de faire une halte. A peine se sont-ils laissés tomber sur le sol, que Jean-Pierre s'écrie :

« Regarde... »

Bras tendu et index pointé dessinent dans l'air un vaste arc de cercle qui se confond avec l'horizon.

« Tout ça appartient au château du Noyer que tu peux deviner, là, entre les arbres », ajoute-t-il, solennel.

Ce n'est pas la première fois qu'ils se promènent tous les deux et pourtant ce matin a quelque chose d'unique. En tout cas, elle n'avait jamais vu son domaine de si haut...

Ses jambes tremblent quand ils dévalent la pente et qu'elle pénètre chez elle. Sur son territoire. Enivrée, elle avance, la nuque un peu raide.

Jean-Pierre, intarissable, continue à lui nommer chaque oiseau, chaque arbre, chaque insecte qui se lève ou qui grince, chaque brin d'herbe qui plie sous leurs pas.

Et, brusquement, le lien enchanteur se rompt. C'est un voile qui se déchire.

Un violent sentiment de jalousie l'étreint. Elle comprend qu'elle n'est pas *dans* son domaine, mais *sur* son territoire. Elle comprend que cette terre n'est ni à elle, ni à ses parents qui l'ont achetée.

Mais à lui.

Lui qui ne la possède pas, mais qui l'aime et la connaît en chaque recoin et en chaque secret. Il fait partie d'elle au même titre que ce corbeau qui vient de se poser sur la dernière branche d'un peuplier, ou que cette pie qui se faufile dans un buisson de houx. Il y a entre Jean-Pierre et cet univers qui piaille, crie, bouge ou se tait une connivence qui, de toute façon, l'exclut, elle. La Parisienne. La propriétaire.

Adossés contre ce vieux chêne dont ils boivent l'ombre, Alexandra est triste. Elle n'entend plus rien. Ne voit plus rien.

Tout est noir.

Qu'a-t-elle à faire de toute cette beauté si elle n'y a pas sa place ? Et comment la trouver cette place, elle qui n'est pas d'ici, elle qui n'y a pas ses racines et ses souvenirs ?

Tout se brouille dans sa tête et Alexandra ne sait plus si elle porte le deuil du domaine ou de Jean-Pierre. Jean-Pierre qui continue à lui parler avec cette étonnante douceur. Jean-Pierre qui ne s'est aperçu de rien et qui, toujours joyeux, lui nomme chaque bruit, chaque souffle, chaque tressaillement...

Soudain Alexandra roule sur le côté et éclate en sanglots.

« Ben, qu'as-tu ? »

Seuls des hoquets douloureux lui répondent.

Jean-Pierre n'y comprend rien. Il est perdu. Il se penche et lui pose machinalement la main sur l'épaule.

« Tu t'es fait mal ?... Quelque chose t'a piquée ??? »

Silence.

Que pourrait dire Alexandra ? Comment expliquer ce vide et cette solitude ?

Jean-Pierre est désemparé. C'est fou ce que c'est compliqué, les filles ! Elle n'est pas bien, là, contre cette terre joyeusement arrosée de soleil ?

La main sur l'épaule accentue sa pression. L'oblige à se retourner. Le regarder. Dans ces yeux luisants et noyés, dans ce regard perdu, affolé, il reconnaît le chagrin.

Il n'a pas besoin qu'elle parle. Les raisons n'ont pas d'importance. Et les explications n'expliqueraient rien. Il sait qu'elle est au fond du gouffre. Il sait qu'il doit la sortir de là. Et il sait comment.

Il l'oblige à se lever.

Alexandra rechigne mais finit par obéir.

« Viens... Je vais te montrer quelque chose qui va te faire du bien... Je vais te montrer un secret... »

Il la prend par la main. La chaleur de la paume et des doigts qui se nouent réchauffe son sang glacé. Entre eux, le contact est à nouveau rétabli.

Le ciel est redevenu bleu, et le soleil a repris sa place. Quant à Alexandra, elle n'ose encore croire qu'elle a trouvé la sienne...

Il marche vite et en silence. Elle trottine à ses côtés. Rapidement, ils se retrouvent au cœur de la grande forêt de hêtres. Ils se tiennent toujours par la main et Alexandra n'a aucune envie de lui avouer qu'elle va mieux. C'est tellement rassurant de se laisser guider, de sentir cette main dans la sienne.

« Attention », la prévient Jean-Pierre.

Ils sont parvenus dans une zone accidentée et circulent entre d'énormes rochers. Cela rappelle à Alexandra la forêt de Fontainebleau où son père l'emmène se promener parfois. Il faut sauter, escalader, jouer les équilibristes.

Heureusement il est là.

« Fais gaf... »

Cette fois c'est Alexandra qui vient de s'exclamer. Faut dire que Jean-Pierre s'est immobilisé si brusquement qu'elle lui est rentrée dedans.

En face d'eux, un trou noir. Sans doute l'entrée d'une grotte.

« Tu vois, quand vraiment ça va mal, quand je sens que tous les malheurs du monde pèsent sur moi, alors je viens là. »

Sa voix n'est qu'un murmure.

« C'est un peu le ventre de cette terre. Tu entres dedans, et il te protège... »

Puis il ajoute avec une pointe de gravité :

« C'est le père Jonas qui m'a indiqué ce coin. Il m'a dit qu'il fallait d'abord passer par là avant de pénétrer dans le ventre de la baleine... J'ai pas bien compris ce qu'il voulait dire, mais j'y suis venu. Puis revenu. Seul, toujours. Tu es la première personne que j'amène. »

Quel cadeau.

Alexandra cherche la main de Jean-Pierre, puis la presse très fort, comme pour le remercier. Elle est bien trop émue pour poser la moindre question. Ils pénètrent dans la grotte. L'un à côté de l'autre.

Pour elle, c'est une intronisation.

Entre les parois, malgré la fraîcheur de la roche, elle a le feu aux joues. Elle sait que plus jamais elle ne sera jalouse du lien qui unit Jean-Pierre à cette terre. En cet instant précis, elle le connaît ce lien. Elle le vit.

Le moment d'émotion passé, elle frissonne. Elle a froid. Et puis... c'est impressionnant d'être au centre de la terre.

« Tu viens souvent ici ? »

Sa voix n'est qu'un chuchotement.

« Avant, oui... Maintenant, je ne viens que lorsque je me sens inspiré... »

Leurs yeux se sont habitués à l'obscurité. Alexandra peut, un instant, se croire nyctalope. Elle sourit en retrouvant ce mot découvert au cours d'une de ses nombreuses lectures, et replacé astucieusement dans une de ses rédacs. Mais sa nyctalopie est plus imaginaire que réelle. En fait, le jour pénètre facilement. L'entrée est haute et large.

Elle regarde Jean-Pierre.

« Que veux-tu dire par inspiré ?

— Viens, je vais te montrer. »

Instinctivement, la main de la princesse serre plus fort celle du preux chevalier qui l'entraîne vers le fond de la grotte. Les parois se resserrent considérablement, et elle perçoit comme l'entrée d'un boyau. Une sorte d'appendice qui s'enfoncerait plus profond dans la terre. Franchement, elle n'en mène pas large.

« T'es sûr qu'il n'y a pas de chauves-souris là-dedans ?

— Jamais vu. »

Mais Alexandra s'est immobilisée.

« Tu ne me crois pas ?

— C'est pas ça mais... »

Elle déglutit et à nouveau ses jambes tremblent.

Jean-Pierre sent, évidemment, ses doutes et ses craintes. Rien n'est plus communicatif que cette trouille qui rend silencieux. Aussi lance-t-il un cri aigu en direction du boyau. Elle sursaute. S'affole. Mais Jean-Pierre dit, calmement, toujours sur le ton du chuchotement sacré :

« Tu vois, s'il y en avait, elles auraient déjà réagi. Ce n'est pas à toi, si savante comme le dit ton père, que j'apprendrai que les chauves-souris ont l'ouïe hyperfine et qu'elles sont munies d'une sorte de système radar... »

Alexandra a évidemment étudié la chauve-souris en sciences-nat. Elle se souvient même qu'en « interro-écrite » elle avait eu la meilleure note. Elle n'ignore donc pas cette particularité de la chauve-souris. Simplement, ce n'est qu'aujourd'hui qu'elle en découvre la réalité.

« Viens, tu verras, après ça ira mieux... »

Pas plus rassurée pour autant, elle se laisse entraîner. Elle se recroqueville, rentre sa tête dans ses épaules. Pourtant, sans être spacieux, ce conduit permet que l'on avance la tête haute.

« Gaffe au coude », lui murmure Jean-Pierre.

La roche dessine là un angle de quatre-vingt-dix degrés. Alexandra, toujours aussi craintive, s'y aventure avec précaution. Le sol est inégal, elle trébuche. Bute sur une arête. Perd l'équilibre. Se rattrape une fois, deux fois, trois fois. Et finalement, pour ne pas tomber, elle se projette en avant.

Et c'est le choc.

Elle en est tout éblouie. Tout illuminée aussi. Elle a franchi le coude d'un coup, et, machinalement, lève la tête.

Par l'intermédiaire d'une cheminée, la lumière pénètre et éclaire une petite salle.

Cela lui fait immédiatement penser à une église. Une cathédrale même. Elle retrouve d'un coup le choc et la sensation confuse qu'elle avait éprouvés en foulant le chœur de Notre-Dame de Paris. Elle, la petite juive !

C'était l'année dernière. Une fort belle journée de printemps. C'étaient ses premières escapades dans la rue, dans la ville. Une de ses copines l'avait amenée là, parce qu'elle avait fait un vœu. Sa maman avait été très malade et elle s'était juré que, si elle guérissait, elle irait régulièrement brûler un cierge à Notre-Dame.

Et sa maman avait guéri.

Alexandra n'avait pas eu besoin que sa copine lui donne plus d'explications. Elle avait parfaitement compris ce qu'est un vœu : des mots qui reprennent leur pouvoir magique.

Depuis, Alexandra avait gardé une tendresse sacrée pour Notre-Dame.

Pas de doute, il règne ici la même atmosphère. Cette pièce hémisphérique ouverte sur le ciel est aussi un sanctuaire de pierre. La gorge nouée, émue, elle s'avance vers les parois sur lesquelles sont peints des arbres, des feuilles, des fruits, des herbes et toute une multitude d'animaux.

Elle écarquille des yeux émerveillés.

« Mais... mais... ce sont des peintures rupestres ! »

Évidemment, elle connaît par cœur l'histoire de

ces hommes préhistoriques qui ont peint les murs des grottes dans lesquelles ils habitaient, tandis que dehors la glaciation gelait la terre. Comme si elle voulait l'immobiliser, la mettre en conserve, l'obliger à se reposer.

« Comment tu dis ? s'étonne Jean-Pierre.
— Rupestre... C'est fantastique. Tu sais à combien de temps ça remonte, ces trucs-là ? »

Jean-Pierre éclate de rire et dit, haussant les épaules :

« C'te question ! Bien sûr que je sais. »

Il pointe son doigt en direction d'un lapin qui pourrait sortir d'un film de Walt Disney si le trait de l'artiste avait été moins hésitant.

« Celui-ci remonte à cinq ans !
— Quoi ??? »

Alexandra pense avoir mal entendu.

« Tu veux dire que ces peintures ne remontent pas aux temps préhistoriques ? »

Cette fois c'est Jean-Pierre qui ne comprend plus.

« Mais qu'est-ce que tu me chantes avec ces rupess et ces prix ristoriques ? »

Alexandra a besoin d'y voir plus clair. Elle fait un tour sur elle-même et demande :

« Bon... soyons précis. Quand tu es venu ici pour la première fois, ça y était tout ça ? »

Jean-Pierre secoue la tête.

« Bien sûr que non. T'as toujours pas compris que c'est moi qui l'ai fait ? »

La petite princesse est comme sonnée. Sa tête résonne, et elle presse Jean-Pierre de s'expliquer.

« J'peux pas expliquer. Dès que j'ai découvert cette pièce, j'ai eu envie de peindre dessus. Au début, j'osais pas. Puis ç'a été plus fort que moi. Évidemment, c'est pas très original. Je n'ai peint que ce qu'il y a autour de moi. Mais c'est ça qu'il me fallait absolument peindre. Il n'y avait que ça que j'avais envie de reproduire. Avant, j'allais voir les animaux, les observer. Je ne venais ici que lorsque je les connaissais par cœur. Je passais des heures à regarder la forme d'une feuille ou celle de la patte d'un chevreuil... Ensuite, fallait que je la retrouve ici, tout seul. C'était difficile, mais en même temps je me disais, tant qu'il y en aura sur ces roches, il y en aura aussi dehors, dans la vie... J'étais heureux, j'avais l'impression de servir à quelque chose. »

Alexandra ploie sous l'émotion. Le secret que vient de lui confier Jean-Pierre est immense. Elle a même le sentiment qu'il les dépasse tous les deux.

Jamais de sa vie elle n'oubliera ce geste. Ce cadeau. Elle se sent liée à lui pour toujours.

Jamais de sa vie elle ne trompera sa confiance.

Elle ferme les yeux et revoit le visage de son père disant, devant la famille muette : « Que t'a dit le rabbin ? Il t'a dit : les juifs, au moment du partage, avaient des terres en Palestine. Ils n'ont pas su les conserver. C'est leur faute. Voilà pourquoi ils sont condamnés ! Et moi, je me suis juré, je me suis promis, que ma famille au moins ne serait plus victime des lois et des mesquineries des hommes ! Et peux-tu me reprocher d'avoir tenu mon serment de gosse ? »

Les mots résonnent si forts en elle que la tête à nouveau lui tourne et que deux grosses larmes coulent sur la peau tendre de ses joues.

Lorsqu'ils débarquent à la ferme, encore tout barbouillés d'émoi, c'est la panique. Le drame même, tant ils sont en retard !

Les mères inquiètes se sont déjà imaginé le pire. L'accident. L'enlèvement. Ou qui sait, la mort peut-être...

De les voir bien vivants, tous les deux, devrait les rassurer. Eh bien, non... une grande question, une grave question se pose alors !

« Qu'ont bien pu faire ces garnements pour rentrer si tard et oublier encore une fois le repas de midi ? »

Évidemment, on peut supposer mille choses, car c'est grave pour une mère, ne pas voir ses enfants manger !

Sommés de s'expliquer, Alexandra et Jean-Pierre ne voient pas comment raconter tout ce qui s'est passé. Et d'abord il y a des choses dont ils ne peuvent parler. Secret absolu. Ils baissent la tête. Prennent cet air buté qui a le don d'énerver l'entourage et disent :

« On s'est promenés. On n'a pas fait attention à l'heure... »

Et leur bonheur, ils vont devoir le payer chèrement.

« Et pour commencer, demain, vous serez punis ! Interdiction de sortir de toute la journée ! »

Ce qui veut dire en clair, interdiction de se voir.

Comme ils ont déjà la tête baissée, ils ne bougent pas et accusent le coup en silence.

9

Cette journée a été pénible. Mais, pénible ou pas, une journée ça finit toujours par passer.

Dès la première heure de ce lendemain de punition, Alexandra n'a pas besoin de se creuser pour trouver une excuse lui permettant de se rendre à la ferme. Il lui est plus facile d'aller voir Jean-Pierre que pour lui de « monter » au château.

Il était temps. On l'avait appelé au haras de Saint-Aignan pour s'occuper de Galéa.

« En l'absence de M. Raymond, c'est moi qui l'entraîne, lui dit-il en lui faisant la bise.

— Mais alors, demande Alexandra tout excitée, c'est toi qui vas la monter pour la course ? »

Une ombre passe sur le visage de Jean-Pierre. Il esquisse une grimace et shoote rageusement dans une pierre ronde et noire.

« Ben non justement ! Ils ont fait venir un type de Paris. Un pro, comme ils disent. Un type qui a l'habitude de monter en course, quoi. Ils veulent mettre toutes les chances de leur côté. Faut absolument que Galéa gagne.

— Mais ils sont fous. Tu la connais forcément mieux que ce mec. Et elle aussi d'ailleurs. »

Elle dépose son beau regard vert sombre dans celui de Jean-Pierre et ajoute :

« Tu veux mon avis ? Ben, je suis sûre que Galéa ne se laissera pas faire. Tu verras..., ils feront à nouveau appel à toi ! »

C'est dit avec tellement d'assurance que Jean-Pierre en est tout ébranlé. Si seulement elle pouvait ne pas se tromper !

C'est donc d'une voix où perce à nouveau l'espoir qu'il demande :

« On se voit cet aprem' ? »

Alexandra fait la grimace.

« Ma mère veut que je fasse la sieste, faut que les vacances me profitent, paraît-il ! »

Ils se font une petite pause rigolade et elle ajoute :

« Bon, t'en fais pas, je me débrouillerai. Attends-moi dans le parc vers deux heures.

— O.K.

— Allez, salut, à tout à l'heure. »

Quand elle vient enfin le rejoindre, il y a bien une demi-heure qu'il est là à s'impatienter. Impossible de savoir si c'est lui qui est arrivé avant ou si c'est elle qui a tardé à venir...

Quand il entend craquer des brindilles et qu'il perçoit sa silhouette, il ne peut s'empêcher d'avoir un brusque emballement de son cœur et de la trouver belle et lumineuse, dans son jean blanc et dans son tee-shirt immaculé. C'est fou ce que, là-dessus, ses boucles brunes ressortent.

« J'en pouvais plus. Si tu savais le temps que ma mère a mis à s'endormir ! Elle avait eu la bonne idée de laisser la porte de sa chambre ouverte. Comme il faut que je passe devant, tu imagines... »

Et seulement alors elle ose à nouveau regarder Jean-Pierre. Qu'est-ce qu'il a celui-là ? Il ne tient pas en place. Il a l'air tout excité.

D'ailleurs, à peine s'est-elle tue qu'il enchaîne, n'attendant visiblement que cet instant :

« Viens..., ne restons pas là. J'ai un truc fantastique à te montrer. »

Avant même d'avoir terminé sa phrase, il a tourné les talons et s'éloigne en de longues enjambées souples. Alexandra ne parvient pas à suivre.

« Tu pourrais être plus galant... »

Il est confus. Se retourne. Lui sourit.

Ils ont pris joyeusement le chemin de la rivière. Mais ils ont coupé à travers le parc afin d'éviter la ferme. Inutile qu'on les voie ensemble. La mère Rouleau serait capable de les retenir. C'est qu'elle ne veut pas d'histoire, la maman de Jean-Pierre.

Quand ils traversent le pont romain, Alexandra lui rappelle qu'il lui a promis une séance de pêche. Elle le taquine à nouveau. Ne se serait-il pas vanté ?

Il hausse les épaules et dit, sans se retourner :

« Ne te fais pas de soucis, tu l'auras ta démonstration, ma petite vieille ! »

Elle fronce les sourcils quand elle arrive à sa hauteur.

« Petite vieille..., petite vieille, mais dis donc, je ne te permets pas... »

Ils sont encore pliés par le fou rire quand ils arrivent au sommet de la côte. Ils reprennent haleine et Alexandra en profite pour lui demander :

« Mais enfin, où m'emmènes-tu ? »

L'index barrant ses lèvres, Jean-Pierre se contente de pousser un « chut » plein de mystère. En tout cas, ils ne prennent pas le chemin de l'étang. Au lieu de s'engager sur la droite, ils filent tout droit, toujours en pleine forêt.

Brusquement Jean-Pierre s'immobilise et lève le bras.

« Écoute... »

Alexandra prête l'oreille.

Rêverait-elle ?

Il lui semble entendre des bruits de voix. Mais pas des gens qui parlent. On dirait plutôt qu'ils chantent. Oui, c'est ça. Ils chantent. D'ailleurs maintenant elle perçoit nettement des notes de guitare et même les percussions sourdes d'un tam-tam.

« Qu'est-ce que c'est ? »

Elle n'est pas inquiète ; simplement intriguée. Elle sent bien, à son comportement, qu'il n'y a pas de danger. Aussi n'est-elle pas vraiment surprise quand il laisse tomber, laconique :

« Mes amis. »

Immédiatement, dans la tête d'Alexandra une série d'évidences se mettent en branle, formant une équation : Musique + Chants + Amis = Boum.

Ben ça alors, si elle s'attendait à ça ! Une boum en pleine forêt ! Pourtant c'est bien normal que les boums, ici, aient lieu dans la nature. D'abord c'est plus facile, et puis on n'a pas les parents sur le dos.

Elle est maintenant plus pressée que Jean-Pierre. Elle est curieuse de savoir à quoi ressemblent ses copains. Et les filles, elles sont comment ici ? Si elle avait su, elle aurait apporté de quoi mettre un peu d'ombre sur les paupières et un soupçon d'éclat sur les lèvres.

Que vont penser les amies de Jean-Pierre ?

Et puis, brusquement, son cœur se pince. Et si dans le lot il y en avait une qu'il préfère plus... particulièrement ? Et aussitôt elle s'oblige à rejeter cette idée.

« Attends..., on va les surprendre... Suis-moi. »

Le terrain accuse une pente assez abrupte et l'on peut supposer qu'il descend vers une sorte de ravin. Tels des cow-boys ou des indiens, ils sautent tous deux de tronc en tronc, jusqu'à ce qu'ils atteignent une zone plantée d'arbustes et de taillis. La musique et les chants sont là, tout près. Dans le creux, en bas. Ils rampent maintenant en prenant mille précautions. Ils enchâssent leurs bustes dans un taillis et Jean-Pierre écarte les feuillages.

« Regarde. »

Alexandra se mord la lèvre pour ne pas pousser un cri de surprise.

La pente qu'ils surplombent dégringole jusqu'à une cuvette formant une clairière que le soleil constelle de pastilles lumineuses. Sur le tapis d'herbe grasse, au lieu de la bande de copains réunis en boum, il y a trois roulottes. A quelques mètres, de lourds chevaux de trait broutent paisiblement. Au centre, un maigre feu fume. Et, tout autour, une ribambelle multicolore de bohémiens. Les uns grattent des guitares ou cognent sur des tambourins. D'autres chantent ou dansent au milieu d'enfants qui s'amusent joyeusement.

« Ben ça alors..., c'est ça, tes amis !!! »

C'est tout ce qu'Alexandra a pu dire. Décidément, celui-là, il ne peut rien faire comme les autres.

« Oui, ce sont mes amis. Ils sont arrivés ce matin. Je les ai vus passer quand j'étais avec Galéa. Forcément, ils ne pouvaient venir qu'ici. Il y a plus de cinq ans que mon père leur a offert ce coin. Ils ne savaient plus où aller. On a supprimé les emplacements pour nomades dans les villages. C'était dur pour eux. Surtout qu'ils ont une ménagerie et gagnent de l'argent en faisant la farandole sur les places... L'autre propriétaire ne pouvait rien dire, l'était jamais là. J'espère que ton père voudra bien qu'ils restent ici ? Surtout que c'est bien pour eux, ils sont proches d'au moins trois villages, et ils ont une source au fond de la clairière.

— Alors, là, je te donne ma parole qu'ils resteront ici tout le temps qu'ils voudront. »

Elle en a la voix qui tremble.

Rassuré, il peut alors passer aux choses sérieuses.

« Si t'es d'ac, on va leur tomber dessus par surprise, histoire de les faire tous prisonniers d'un coup. Prête ? »

Les yeux pétillants, Alexandra acquiesce.

Au signal, ils se lèvent d'un bloc et s'élancent en hurlant : « A l'attaque. »

L'ombre s'étale sur la clairière. Une fraîcheur inattendue se pose sur leurs épaules. Manito pose sa guitare et lance quelques brindilles dans le feu. Quand les flammes commencent à s'agiter, il dépose deux ou trois branches. Les premiers craquements font frissonner Alexandra. Maintenant qu'elle ne danse plus et que les chants se sont tus, les mots de Mama Julia reviennent. Énigmatiques. Lourds.

Obsédants.

Après avoir visité la petite ménagerie dont Jean-Pierre lui a parlé, ils sont allés rendre visite à Mama Julia.

Mama Julia c'est la mère de la tribu. Une vieille femme sans âge qui vit presque tout le temps au fond de sa roulotte. Sa seule présence est impressionnante.

Elle fait songer à une sorte d'insecte tissant sans cesse les fils d'une toile invisible. On comprend immédiatement, sans que ce soit clairement formulé, qu'elle n'est pas reliée au monde par les mêmes sens que les nôtres.

Elle est assise, immobile, dans une douce pénombre. On discerne à peine un visage creusé d'innombrables sillons. Le nez est crochu comme un bec de rapace. Et, au-dessus, deux petits yeux luisent et palpitent comme des braises.

Elle était assise en hauteur sur un siège qui fait penser à un trône. Mi-reine des ténèbres et mi-insecte insolite, elle semblait tout voir, tout entendre, tout savoir.

Jamais Alexandra ne s'était trouvée en présence d'une personnalité aussi impressionnante.

Jean-Pierre s'est approché, et Mama Julia a posé sa main sur le sommet de son crâne, en disant, d'une voix étrangement jeune pour une femme de cet âge :

« Ça va... Je crois que c'est toujours solide là-dedans. Continue... Tu es sur le bon chemin... Je vois bien que tu n'oublies pas que, dans la vie, c'est le cœur qui compte. »

Mais elle n'a pas retiré sa main pour autant. Après un court silence, elle a ajouté :

« Mais dis donc... Tu es sur le point de connaître un grand changement..., de faire une énorme découverte... Pour toi la vie va s'ouvrir dans sa totalité... N'oublie jamais cet instant-là. Tout est en lui. »

Puis elle eut une sorte de rire saccadé qui fit frissonner Alexandra. Si bien que, lorsqu'elle lui a demandé de s'approcher, elle était dans un drôle d'état.

Elle fait un pas, incline la tête, comme l'a fait Jean-Pierre. Elle n'en mène pas large. Qu'est-ce qui va lui dégringoler derrière les oreilles ?

Mais au lieu de lui poser la main sur le sommet du crâne, la vieille femme lui demande de lui tendre sa paume gauche.

« Voyons voir qui tu es, toi... »

Le contact est froid et doux. Alexandra fait de violents efforts pour ne pas trembler. Ce n'est pas évident de se retrouver entre les pattes d'une reine magicienne !

« Méfie-toi de ta peur, elle te jouera des mauvais tours si tu ne la dépasses pas... »

Ses yeux scrutent la paume. Que peut-elle y voir ? Alexandra avale péniblement sa salive. Que va-t-il lui arriver ?

« Étonnant, répète Mama Julia, je n'ai jamais vu quelqu'un qui soit aussi équitablement partagé. Tu es à la fois un et deux. Cela signifie que tu portes une couronne sur la tête. Une couronne d'étoiles... »

La petite princesse a la gorge soudain sèche. Une couronne d'étoiles... pensez...

« Tu es fidèle et courageuse. Tu fais partie, comme Jean-Pierre, de ceux qui sont capables de croire. Donc de tenir leurs promesses... La période que tu traverses est, pour toi aussi, des plus importantes. Cela ne se passera pas sans heurt... Ce n'est jamais facile de s'inventer des racines... Mais, si tu tiens ta parole... »

Mama Julia a relevé la tête et fiché son regard dans le vert sombre d'Alexandra. Une Alexandra qui n'est pas à son aise. Comme sur Simoun, elle a l'impression de chevaucher une force qui menace de se déchaîner à chaque seconde.

« Mais... si tu tiens ta parole, *vous* triompherez, et *vous* vous partagerez la couronne... »

Le souffle lui manque.

Mama Julia avait insisté sur le vous. Mais Alexandra n'avait pas eu besoin de ça.

Devant le feu, elle ne parvient pas à retrouver tout ce qu'a dit l'étrange vieille femme. A vrai dire, elle n'a pas tout compris. Cependant la dernière phrase est si présente en elle, qu'elle est sûre et certaine de ne jamais l'oublier. « Mais, si tu tiens ta parole, vous triompherez et vous vous partagerez la couronne... »

Elle ferme les yeux et les étoiles se mettent à danser, déroulant un cercle magique.

« Dis donc, ma petite vieille..., t'as vu le soleil ? »

Alexandra sursaute. Quel soleil ? Et d'ailleurs a-t-on jamais vu le soleil et les étoiles en même temps ? Elle regarde autour d'elle, un brin effarée.

Évidemment que le soleil a disparu.

« Qu'est-ce qu'il a ton soleil ? Et puis d'abord ne m'appelle plus ma petite vieille ! »

Elle n'est pas fâchée. Mais c'est vrai qu'elle aimerait d'autres mots.

Jean-Pierre lui fait la grimace ; se penche vers elle ; agite ses mains comme on le fait devant une enfant.

« L'est pati le soleil... gagaga... ya pu le soleil... Et quand le soleil il est parti, qu'est-ce que ça veut dire ? »

Alexandra finit par éclater de rire. Elle secoue la tête. Tête qu'elle a complètement vide. Ou, plus exactement, tête qui est incapable de raisonner. Elle est tellement sous le coup des révélations de la bohémienne, qu'elle se contente d'attendre bouche bée. Elle est dans cet état où tout paraît possible et ne serait même pas surprise s'il lui annonçait qu'en fait le soleil a changé sa course.

« Eh ben, ça veut dire qu'il est tard et qu'on va encore se faire sonner les cloches. Car bien sûr il n'est pas question de leur dire qu'on a passé l'aprem' avec eux. Je les vois d'ici délirer sur nos fréquentations...

— Bizouille ! s'exclame Alexandra en sautant subito sur ses pieds. Elle nous a prévenus, Mama Julia ! Ça ne se passera pas sans heurt ! »

10

La jument pousse un hennissement, se cabre, secoue sa belle crinière.

« Mais elle te reconnaît, s'exclame Alexandra.
— Manquerait plus qu'elle m'oublie ! »

A pas souples, Jean-Pierre s'avance vers Galéa. Alexandra reste devant la clôture de bois. Sa pudeur l'empêche de se mêler aux retrouvailles. Puis, de sa place, elle peut voir la tête du nouvel entraîneur. Une vraie tête de mule... Après avoir manifesté sa joie, Galéa est venue à la rencontre de Jean-Pierre, délaissant le Parisien aux bottes-de-cuir-bien-cirées. Le malheureux n'en revient pas. Il a le visage défait de l'homme jaloux. Le regard est fixe, presque hagard. Au début, il a cru pouvoir la maîtriser mais il a dû, bien vite, se rendre à l'évidence : impossible ! Cette jument a un caractère de cochon. Elle est têtue, désobéissante et n'hésite pas à montrer ses préférences. Ce matin, c'est pire que tout : elle manifeste une parfaite insolence. Un sourire généreux dégage toutes ses dents. Elle souffle et trépigne, paraît heureuse comme une jeune mariée. Jean-Pierre lui parle tout bas, flatte son poitrail généreux. Remonte à l'encolure. Alexandra est ravie d'avoir insisté. Elle voyait bien qu'il n'était pas dans son assiette. Deux jours sans sa jument, c'est beaucoup pour lui. Et puis, il devait se demander ce qu'il en faisait ce spécialiste arrivé de Paris !

Revenant enfin de sa surprise, le professionnel aux bottes de cuir les rejoint. Alexandra craint un instant que la dispute n'éclate. Mais non ! Le Parisien a récupéré. Il est même devenu aimable. Comprenant la relation qu'entretiennent Galéa et Jean-Pierre, il propose :

« Ça vous dirait de l'entraîner avec moi ? »

Jean-Pierre n'ose croire à ce qu'il a entendu. Ses yeux s'écarquillent.

« J'ai de grandes difficultés à en venir à bout. Cela ne vous plairait pas de m'aider ? Qu'en pensez-vous ? »

Jean-Pierre est forcé de se rassembler avant de répondre :

« J'aimerais bien, mais je ne sais pas comment le prendra M. Raymond...

— Il est au courant et trouve l'idée excellente. De toute façon, il faut savoir ce qu'elle a dans le ventre, cette bête ! »

C'est dit avec beaucoup de sympathie, mais au mot bête Jean-Pierre et Alexandra, qui suit de loin toute la conversation, se sont hérissés. Quant à Galéa, elle ne semble pas concernée.

« Est-ce que votre amie peut nous chronométrer ? » ajoute le professionnel.

Sautant à pieds joints sur cette trop belle occasion, Alexandra s'écrie :

« Mais bien sûr !

— Parfait, nous allons pouvoir comparer nos temps. »

Prenant son courage à deux mains, Alexandra s'approche de M. Raymond.
« Il faut que je vous parle. »
Assis dans un fauteuil, sa jambe plâtrée reposant sur un tabouret, il l'observe un instant, étonné par la gravité du visage :
« Eh bien, ma petite, que se passe-t-il ? »
Pour ne pas flancher, elle se pince le bras et déclare d'une voix qu'elle voudrait claire :
« C'est pour la course.
— Vous n'allez pas engager de paris dès maintenant ?
— Non, c'est Jean-Pierre.
— Quoi, Jean-Pierre ? »
M. Raymond a une bonne tête et un sourire avenant. Il n'y a pas de quoi être intimidée. Alexandra en a assez de ces brusques accès qui la rendent stupide, incapable de trouver ses mots. Rouge de confusion, elle se racle la gorge. Rien ne vient. Elle se maudit, mais rien ne vient.
« C'est Jean-Pierre qui vous envoie ?
— Oh ! non, il ne sait même pas que j'entreprends une telle démarche », répond-elle en un souffle.
M. Raymond est sur sa véranda. L'ouest amène la nuit. Le soleil est rouge feu à l'horizon. Encore un couchant magnifique. Encore la promesse d'un beau temps. M. Raymond se laisse absorber quelques instants par ce crépuscule qu'il aime tant, puis il revient à la jeune Alexandra.

« Voilà, monsieur, depuis trois jours, Jean-Pierre entraîne Galéa, il paraît que vous êtes au courant.

— Eh oui, je sais ce que vous allez me dire ! Ses temps sont bien supérieurs à ceux de mon entraîneur parisien. C'est ça, hein ? J'y perds le latin que je n'ai jamais appris.

— C'est normal !

— Normal, normal, s'emporte M. Raymond, voyez-vous ça ! Je fais appel à un professionnel et il est normal qu'il soit plus mauvais que ce vaurien de Jean-Pierre !

— Jean-Pierre connaît davantage Galéa, insiste Alexandra.

— Ce n'est pas une raison. »

D'un coup de béquille, il frappe le carrelage de la terrasse. Il est évident que la jeune fille vient de mettre le doigt sur un sujet délicat. Le teint de M. Raymond s'est subitement empourpré. Ce n'est pourtant pas le moment, mais Alexandra passe à l'attaque :

« C'est Jean-Pierre qui doit monter Galéa le jour de la course. »

Elle l'a dit d'une traite, sans respirer. Interloqué, M. Raymond la dévisage quelques longues secondes. Si ce n'était pas la fille de M. Vergnault, ah ! ça, tiens, il te la ficherait dehors...

« J'ai dû mal comprendre », dit-il enfin.

Sentant qu'il va falloir jouer serré, Alexandra devient implorante. Elle ne s'agenouille pas, mais le ton y est :

« Oh ! monsieur, pourquoi ne voulez-vous pas faire participer Jean-Pierre ? »

Le beau regard vert sombre d'Alexandra attendrit

brusquement le vieux Raymond. Il n'a pas le droit de lui refuser des explications.

« C'est très compliqué, une course, vous ne pouvez pas savoir. A l'âge de Jean-Pierre, je me suis cru capable d'en gagner une... Quelle déception ! J'ai mis des années à oublier ce cuisant échec. »

Les adultes se divisent en deux catégories : ceux qui ne parlent que de leurs victoires et ceux qui ne parlent que de leurs déboires, mais de toute façon cela revient au même. Il ne s'agit que du passé. Un profond sentiment d'injustice soulève Alexandra. Elle a trop d'avenir en elle pour accepter l'expérience des plus âgés. Ses certitudes chassent, d'un coup, sa timidité :

« Ce n'est pas parce que vous avez perdu que Jean-Pierre doit perdre. »

Comme cette logique prend M. Raymond au dépourvu, elle enchaîne :

« Je suis sûre que, montée par Jean-Pierre, Galéa gagne. J'en ai parlé à papa, il est de mon avis.

— Votre père est de votre avis !
— Oui, enfin, je crois.
— Oui, ou non ?
— Je crois l'avoir compris.
— Vous avez un sérieux toupet, mademoiselle Alexandra. »

Elle rougit, pâlit, se trouble.

« Mais vous avez raison d'avoir un sérieux toupet, mademoiselle Alexandra, car à présent vous me faites réfléchir. »

M. Raymond reste silencieux un moment. Il doit peser le pour et le contre avant de se décider. Son front est tout plissé. Ses doigts tapotent le bras du fauteuil. Debout, les mains au dos, comme au temps de son enfance, Alexandra attend.

« Est-ce que Jean-Pierre en a envie ? » demande-t-il soudain.

Elle se contente de sourire. De ce doux sourire qui la rend si jolie.

« Bon, allez, reprend-il d'un ton bourru, je vous laisse votre chance à vous les jeunes ! Mais attention, Galéa n'a pas le droit de perdre...

— Elle gagnera, monsieur Raymond », affirme Alexandra avec tant de conviction qu'on ne peut douter du contraire.

11

La fourgonnette bleue s'arrête devant la vieille grille. Le brigadier Marchand en sort seul. Pour cette délicate mission, il a préféré se séparer de ses acolytes. Les battants de fer grincent. C'est l'entrée nord du château. On ne l'emprunte qu'à quelques rares occasions. Le pays n'a pas à savoir que la gendarmerie est sur les dents. D'un pas lent mais décidé, Marchand s'enfonce dans l'allée des ormes.

La nuit est tout agacée par la pleine lune. Personne, des animaux, des hommes et des plantes, ne parvient à dormir. Une sombre et mystérieuse agitation anime les arbres, les fourrés. Furtifs rendez-vous des lapins et des oiseaux. Ronde du renard autour des poulaillers. Longue conversation des chouettes et des hiboux.

Il ne peut pas s'y faire, le brigadier, à la pleine lune. C'est une fausse lumière. Un trompe-l'œil. L'illusion du jour. Il a vu une émission à la télévision à ce sujet. C'est toujours, paraît-il, les nuits de pleine lune qu'il se passe des choses graves ou intéressantes. Il ne faut pas oublier que les sorcières se réunissaient à cette période précise du mois. Cela doit vouloir dire quelque chose...

Le brigadier Marchand accélère. Ce soir, il a

d'autres chats à fouetter. Puis ce n'est pas à son âge qu'il va se mettre à croire à ces billevesées ! D'un revers de main, il repousse son képi. Il fait chaud. Faut dire que ça fait bien deux heures qu'il se démène, aidé de son équipe. Il en voit de toutes les couleurs en ce moment. C'est l'été qui veut ça... Il s'essuie le front. Respire un grand coup. Au bout de l'allée, le château se dessine dans la nuit claire. Masse sombre des toits et des deux tourelles sur un ciel transparent. Il est onze heures et demie ou minuit. Au juste, il ne sait pas. L'important est que le salon soit encore allumé. Il n'aurait pas aimé les réveiller. En quelques rapides enjambées, il franchit les derniers mètres, grimpe quatre à quatre les marches, et s'accroche au cordon de la cloche. Il y met tant d'énergie que des tourterelles s'affolent et s'envolent, et que, pour couper cet affreux tintamarre, Albert Vergnault se précipite, ouvre la porte, tout à la fois surpris, inquiet et furieux. Reconnaissant le brigadier de Saint-Aignan, il se radoucit :

« Si je m'attendais à votre visite !

— Je ne vous dérange pas, au moins, dit Marchand à toute vitesse, en tendant une main moite, tandis que de l'autre il enlève civilement son képi.

— Vous arrivez à point, nous allions nous coucher. Mais entrez, je vous prie. »

Marchand n'avait pas réfléchi plus loin que son devoir. Il avait décidé de prévenir Albert Vergnault sans attendre, et le voilà, maintenant, presque intimidé. Ne sachant pas par où commencer, il commence par bafouiller. Albert lui propose alors, pour le mettre à l'aise :

« Vous prendrez bien un petit verre. Si cela ne vous gêne pas, allons rejoindre mon épouse et ma fille, sinon... nous pouvons passer dans mon bureau... »

Mais curieuse, Alexandra est déjà sur les pas de son père, examinant attentivement ce gros gendarme. N'osant réclamer une audience privée devant cette charmante jeune fille, Marchand accepte le verre et le salon. Il salue Mme Vergnault avec courtoisie, puis s'installe dans le fauteuil qu'Albert lui désigne d'un geste aimable. C'est fou ce qu'il est empêtré, le brigadier. Posant son képi à ses pieds, il songe qu'il n'aurait jamais dû venir les déranger. Ils ont l'air si bien tous les trois dans cette vaste pièce lambrissée, à l'éclairage tamisé. Les quatre portes-fenêtres sont ouvertes sur la terrasse du parc. L'odeur et la tiédeur de la nuit entrent doucement. Ils baignent dans une atmosphère tranquille. Soudain, il se maudit de rompre un tel charme.

Alexandra est venue rejoindre sa mère sur le sofa. Elles ont exactement la même pose, jambes repliées sous le corps. coude posé sur l'accoudoir, visage reposant dans le creux de la main, regard fixé sur lui. Elles attendent qu'il prenne la parole. Albert est parti dans la cuisine, déboucher une bonne bouteille. Pour rompre le silence qui menace de peser trop lourd sur ses nerfs, le gendarme demande :

« Alors, vous passez de bonnes vacances ?

— Merveilleuses, s'écrie Alexandra.

— Je m'habitue, enchaîne Annie sur un ton nettement moins enthousiaste.

— Je comprends, ça dépayse trop, le changement. Tiens, moi, par exemple, je ne pourrais pas rester quarante-huit heures à Paris... »

Annie lui sourit. Finalement, ce qu'elle préfère ici, ce sont les gens.

« Remarquez, j'dis pas, s'il fallait pour mon travail...

— Vous êtes de la région ?

— Dame, j'y suis né, j'y mourrai.

— Bravo, brigadier, tonne Albert, moi je n'y suis pas né, mais j'aimerais y prendre racine.

— C'est qu'elle attache, cette bonne vieille terre, renchérit Marchand qui serait prêt à deviser calmement de tout et de rien, comme s'il n'était pas venu dans un but précis. Vous êtes de quel coin, vous ? Vergnault, c'est... »

Albert lui tend son verre plein :

« Français ! »

Le brigadier prend un air de chien battu :

« Dans le pays, on dit que vous n'êtes pas français.

— Qui ?

— Le notaire. Remarquez, on s'en fiche... Parce que... le notaire, quand il a bu un coup de trop, il dit n'importe quoi... »

Annie, Albert et Alexandra échangent un regard étonné et catastrophé. S'en rendant compte, le brigadier Marchand fait machine arrière et s'excuse d'entrer dans des affaires qui ne le concernent pas. N'étant absolument pas mauvais bougre, il ne veut faire de peine à personne.

« Nous réglerons ce petit problème avec le notaire et son épouse, puisque je les rencontre la semaine prochaine », promet Annie.

Mais Albert insiste :

« Il n'y a aucune contradiction à être juif et Français. Ce n'est pas parce que je ne le crie pas sur tous les toits qu'au fond je n'en suis pas conscient. En tout cas, je peux vous l'assurer, nous n'en avons aucune honte. »

Brusquement, le brigadier est tout penaud. Quelle idée d'aborder ce sujet à minuit, un soir de pleine lune... Pour se donner une contenance, il s'éponge le front à l'aide de son mouchoir.

Qu'est-ce que ça peut leur faire qu'on soit juif, songe Alexandra à qui ce commérage ne plaît pas du tout.

Pendant que Marchand réenfourne son mouchoir dans la poche de son pantalon, il y a un silence pesant. Puis, décidant de ne pas demeurer sur cette note désagréable, Albert envoie quelques plaisanteries avant de demander :

« Mais qu'est-ce qui vous amène, au juste ? »

Quelque peu détendu par la bonne volonté de ses hôtes, le brigadier tient à expliquer :

« Excusez-moi pour l'histoire du notaire, il ne faut pas y voir du mal. Les paysans sont comme ça : il faut qu'ils sachent tout. Après, ça va mieux. Moi, je vous trouve sympathique ! »

Il a un ton et une expression si sincères qu'il est impossible de ne pas le croire. Il continue de la même voix convaincante :

« Pour cette raison, j'ai voulu vous prévenir. C'est comme ce soir... »

Il déglutit. Annie se redresse, tout inquiète :

« Que s'est-il passé ?
— Je les ai poursuivis jusqu'à votre forêt.
— Mais qui ?
— Dame, si je le savais !

— Je vous en prie, brigadier, soyez clair !

— Comment voulez-vous, puisque je n'ai pas pu mettre la main dessus. Je crois bien qu'ils étaient trois, mais moi, j'en ai vu qu'un.

— Un quoi ? s'impatiente Albert.

— Un braconnier... un maraudeur...

— Ah !!! font Albert et Annie avec un soupir de soulagement, alors que leur fille se crispe.

— Si vous croyez que ce n'est pas grand-chose, s'indigne le brigadier, vous verrez les résultats dans une semaine. Quand on les laisse courir, ces gars-là, c'est le carnage. Plus de gibier, plus de poissons. »

Alexandra pense automatiquement à Jean-Pierre. Comment vivrait-il s'il n'y avait plus de bêtes dans les bois, de truites dans le ruisseau ?

« Il est de mon devoir de vous avertir que les chenapans sont sur vos terres !

— Pourquoi ne pas les avoir arrêtés ?

— Nous y sommes presque parvenus, monsieur Vergnault, mes collègues et moi-même.

— Et alors ?

— Nous avons dû renoncer au dernier moment parce qu'ils entraient dans votre propriété et que votre propriété est privée. »

Puisqu'il convient de s'incliner devant le règlement, Albert s'incline :

« Bon, et ensuite... ?

— Ensuite ? Ben ensuite je suis venu vous prévenir et vous demander l'autorisation de patrouiller sur votre domaine. Mais... »

Le brigadier Marchand se rengorge et, après une légère pause, ajoute, sur le ton du monsieur-qui-en-sait-beaucoup :

« J'ai mon idée ! »

Encore une fois, Alexandra songe à Jean-Pierre et elle a soudain peur.

« Voulez-vous que je vous accompagne ? dit Albert, comprenant enfin qu'il s'agit de perdre le moins de temps possible.

— C'est trop aimable, monsieur Vergnault, mais, à moins que vous y teniez expressément, je ne jugerai pas votre présence utile. A l'heure qu'il est, ils sont tranquilles autour du feu. Ils vont nous jurer qu'ils n'ont pas bougé. Nous ne pourrons que procéder à une vérification d'identité. Nous les connaissons, ces gitans !

— De quels gitans voulez-vous parler ? » demande Annie.

Alexandra retient son souffle. Elle songe à sa promesse, à Mama Julia ! Albert se lève. Le gendarme l'imite, se prend les pieds dans son képi et manque de tomber.

« Des gitans ?

— Oh ! ça, y'a du fils Rouleau là-dessous », dit le brigadier en reprenant son équilibre.

Alexandra est comme pétrifiée. Une violente envie de pleurer lui noue la gorge. Que peut-elle faire ? Son trouble doit se voir, car son père et sa mère la regardent bizarrement. Puis Albert Vergnault se penche vers sa fille et murmure, plus inquiet que suspicieux :

« Tu es au courant, toi, de cette histoire de gitans ? »

Alexandra n'a pas le choix. Ce n'est certainement pas le moment de se lancer dans une explication. Elle rassemble son courage et fait non de la tête.

Mais elle n'est pas très naturelle.

Heureusement, le brigadier intervient et la soulage de ces regards interrogateurs qui pèsent sur elle jusqu'à lui faire mal.

« Comment voulez-vous qu'elle soit au courant ? Ils se cachent dans la clairière aux fées. C'est en pleine forêt. Bien après le carrefour des chênes. Il n'y a que le fils Rouleau pour traîner dans ces parages. C'est pourquoi je vous disais qu'il y a de ce cancre là-dessous. »

Albert Vergnault aime bien Jean-Pierre. Il n'a pas à son endroit les mêmes craintes que son épouse. Aussi ne peut-il s'empêcher de demander :

« Mais enfin, brigadier, quelle relation y a-t-il entre Jean-Pierre et ces... bohémiens que vous soupçonnez de marauder ? »

Le brigadier se rengorge. Il aime ça les explications.

« C'est une vieille histoire pas très légale d'ailleurs. Cette propriété, comme vous le savez, est restée longtemps entre les mains de vos fermiers, les Rouleau. Le père René, un brave homme sans doute, a offert le droit d'asile à ces gitans. Et forcément, chaque année ils sont revenus à la même place. Et chaque année, quand ils étaient là, curieusement les plaintes pour vol, vandalisme et braconnage ont augmenté. Je ne dis pas qu'il y a une relation de cause à effet. Cependant, vous avouerez que c'est bizarre. Or, le fils Rouleau est un de leurs amis. Ou plus exactement une de leurs fréquentations. Je ne crois pas qu'on puisse parler d'amitié dans cette engeance. Et vous n'êtes pas sans savoir que ce vaurien... comment dirais-je... disons ne pêche pas et ne chasse pas comme tout le monde... Tant qu'il est sur vos terres je ne peux rien dire, mais je ne serais pas surpris qu'il en sorte avec ces gitans. Car voulez-vous me dire : de quoi peuvent-ils bien vivre ? »

Les explications du gendarme ont impressionné la famille Vergnault. Alexandra, toute blanche, s'est dirigée vers la porte-fenêtre.

Quant à maître Vergnault, il conseille au brigadier d'aller immédiatement procéder à ses vérifications et de le tenir au courant demain matin. Selon les informations qu'il recueillera, il verra lui-même Jean-Pierre.

Le gendarme serre la main des châtelains et sort d'une démarche martiale qui prêterait à rire en d'autres circonstances.

Annie est très inquiète. Elle n'aime pas du tout cette histoire de maraudeurs et de bohémiens. Mais alors pas du tout !

D'autant que, toute la semaine, Albert la laisse seule avec Alexandra.

Elle range verres et tasses et fait un brin de ménage machinal. Elle paraît affairée, captivée par ce qu'elle a entrepris, mais dans son crâne, enclenché par l'angoisse, le manège des mots s'est mis en marche...

C'est vrai ça... il ne se rend pas compte, lui. Il achète une propriété isolée, les installe dedans sans lui demander son avis et retourne tranquillement à Paris. Ne se souciant pas des risques que court une femme seule avec son enfant...

Le lourd cendrier qu'elle est en train de vider lui échappe, et elle ne le rattrape que de justesse. Ouf, elle a eu chaud.

« Et en plus il me laisse tout faire ici... Où est-il passé maintenant ? »

Elle s'avance jusque dans le hall.

« Albert..., Albert... »

Mais maître Vergnault ne peut entendre la voix légèrement anxieuse de son épouse, puisqu'il se trouve, au premier, dans la chambre d'Alexandra.

Depuis toujours, il y a entre eux un lien particulier.

Et ce soir, maître Vergnault a bien vu que quelque chose n'allait pas. Alexandra avait sa petite mine. A un moment, il a même cru qu'elle allait pleurer.

Dès son retour dans le salon, quand il s'est aperçu de son absence, il est allé dans sa chambre. Il n'a pas été très étonné de la retrouver triste, au travers du lit.

« Eh bien..., ma petite fille, que se passe-t-il ? »

Il la saisit aux épaules, la soulève et l'attire contre lui.

« Dis-moi vite ce que signifie ce gros chagrin... »

Il a naturellement retrouvé les mots d'autrefois. Les mots de l'enfance.

Elle se renfrogne et finit par dire :

« Tout le monde s'acharne contre Jean-Pierre ! Tout ça parce qu'il n'est pas comme les autres... Et voilà que toi aussi tu marches dans la combine. Et pourtant c'est toi qui sais si bien expliquer que si les gens respectaient les différences, les juifs seraient acceptés et surtout... on ne les persécuterait plus ! »

Maître Vergnault caresse la joue de sa fille. Il est bien obligé de reconnaître qu'elle a raison.

Demain, lorsque le brigadier lui en parlera, il sera intraitable au sujet de Jean-Pierre.

Cependant, il voit d'ici sa réaction.

Il commence à comprendre qu'il n'est pas si facile de faire son trou quelque part. La terre est exigeante, comme le disent les paysans.

« C'est comme les bohémiens, a repris Alexandra, pourquoi on leur met tout sur le dos, hein ? C'est toujours le même truc. Eux non plus ne vivent pas comme les autres... »

Elle se redresse, les joues barbouillées et les yeux luisants.

« Tu sais ce que j'ai lu une fois ? Que d'avoir des bohémiens sur ses terres c'est un signe de chance. De très grande chance ! Voilà ce que j'ai lu. »

Naturellement, elle en rajoute un peu.

Un peu trop. Son père n'est évidemment pas dupe. Comment le serait-il, lui qui plaide chaque jour ?

« Promets-moi que tu les protégeras... »

Maître Vergnault sourit. La rassure.

Ça, il peut le lui promettre. D'une manière ou d'une autre il les protégera.

« Chut..., écoute...

— Albert... Albert..., mais enfin où sont-ils passés ?

— C'est la voix de ta mère... Vite, arrange-moi ça. Il ne faut surtout pas qu'elle te voie dans cet état. Tu la connais, elle serait bien capable de ne pas en fermer l'œil de la nuit ! »

12

JEAN-PIERRE se redresse. S'assoit.

Il est couvert de sueur et sa bouche est pâteuse. La langue qu'il passe sur ses lèvres est épaisse et lourde.

Sa respiration est rapide et haletante, comme celle de quelqu'un qui vient de courir. Il le note machinalement, et cela le rebranche, illico, sur son rêve.

Les premières images d'abord.

Elles sont si nettes, si présentes, qu'il les revit avec la même intensité.

C'est curieux de se savoir là, assis dans son lit, et de se voir en même temps courir le long de la rivière. Un coin qui doit se situer en amont du pont. Un grand danger le menace, pourtant il ne fuit pas. Galéa galope à ses côtés. Mais son galop s'accompagne d'un drôle de bruit. Un bruit qui lui rappelle les pétarades de ces vélomoteurs que tous ses copains ont, au village, et qu'il ne supporte pas. C'est bruyant, ça pue. C'est graisseux. Et puis... cette obligation de passer régulièrement à la pompe l'énerve. Il se sent plus libre à pied ou à cheval.

Son rêve lui revient.

Il se trouve sur un sol aride et ocre, parcouru de sillons durs comme de la terre gelée. Pourtant il ne fait pas froid. Il se penche et constate que ces sillons sont en fait les rides du visage de Mama Julia. Et, sans transition, elle est là devant lui. Elle est venue le prévenir d'un danger planant sur la forêt, la rivière et même... Alexandra. C'est d'ailleurs vers elle qu'il courait lorsqu'il s'est arraché au sommeil.

Si le réveil a mis fin au cauchemar, les sensations et les images l'ont marqué si profondément qu'elles durent. Tout en se passant la main dans les cheveux, Jean-Pierre se sent tout bizarre.

Et si c'était un avertissement ?

Évidemment, cela paraît impossible, mais avec Mama Julia on peut s'attendre à tout.

Alors... que faire ?

Déjà, plus question de dormir ! Il n'a pas besoin d'essayer pour savoir que le sommeil ne viendra pas. D'ailleurs, comment pourrait-il rester tranquillement allongé alors qu'un danger plane sur ce qu'il aime le plus au monde ?

Il n'a pas le choix. Il ne peut plus rester enfermé. Il faut impérativement qu'il aille respirer l'atmosphère de cette étrange nuit. Et, s'il est victime d'une illusion, il en sera quitte pour une bonne balade.

Jean-Pierre se lève, s'habille et, ses baskets à la main, descend vers la salle commune. Il est angoissé, mais pas au point de perdre son self-contrôle. S'il veut rester discret, il y a des trucs qu'il vaut mieux ne pas oublier. C'est donc avec science et précaution qu'il franchit la quatrième marche, qui grince tant elle est vermoulue.

En bas, la lumière de la lune pose sur la pièce comme une pellicule laiteuse. Dans l'encadrement de la fenêtre, elle ressemble à un énorme phare blanc.

Assis devant la fenêtre, Jean-Pierre a comme le sentiment que la nuit le regarde... d'un drôle d'œil. Il lui fait une grimace, puis entreprend de lacer ses chaussures. Parfaitement à l'aise sur ses semelles souples, il se dirige vers le lourd battant qu'il manipule avec délicatesse. A la sûreté et à la précaution de ses gestes, on voit bien que ce n'est pas la première fois qu'il se livre à ce genre d'expéditions.

Sur le pas de la porte, il s'immobilise et donne un coup de sifflet bref. Juste ce qu'il faut pour prévenir Robur, le bouvier, qui doit être en alerte par une nuit comme celle-ci. A moins qu'il n'ait abandonné sa niche pour courir quelque aventure...

Comment se fait-il que le château soit éclairé à une telle heure de la nuit ? Si les Vergnault avaient donné une réception il l'aurait su, forcément. Soit la mère d'Alexandra en aurait parlé à Odile Rouleau, soit Marguerite n'aurait pas pu tenir sa langue.

Et si elle était malade ?

Les images et les impressions de son rêve lui reviennent. Il se revoit le long de la rivière, courant vers elle...

Mais que faire ? Où aller ?

Il serait sans doute resté longtemps planté là, au milieu du chemin, si le bruit d'un moteur démarrant soudain ne l'avait mis en alerte.

Une voiture, à cette heure ? C'est bien ça, elle est malade. Ou c'est le docteur Ramiche qui repart, ou c'est la CX des châtelains.

De plus en plus inquiet, il écoute.

Le faisceau des phares balaie les vignes. Juste le flash d'un éclair. Jean-Pierre a le temps de voir luire les feuilles et c'est à nouveau la nuit blanche.

Mais il a sursauté. Une évidence s'est imposée. Ce n'est pas le docteur Ramiche, ça. Le toubib ne passerait pas par l'entrée nord. On ne l'utilise qu'à l'époque des vendanges, ou lorsqu'on ne veut pas se faire repérer.

Mais alors, qui cela peut-il être ? A la réflexion, certainement pas M. Vergnault puisque le garage donne sur la cour d'honneur.

Brusquement, son visage se détend. Comment n'y avait-il pas songé plus tôt ?

C'est l'estafette des gendarmes qu'il entend là. Les gendarmes...

Mais c'est évident. Il n'y a qu'eux pour emprunter l'allée des ormes. Il n'y a qu'eux pour vouloir être aussi discrets... A partir de là, Jean-Pierre n'a pas besoin de se creuser la cervelle pour comprendre ce qui se passe. L'année dernière, ou celle d'avant, peu importe, une nuit comme celle-là, le brigadier Marchand était venu les prévenir que des maraudeurs avaient fait sauter les barrages à coups de pioche.

Pas de doute, il y a du braconnage là-dessous.

Il n'en faut pas plus à Jean-Pierre pour détaler. Il

n'a aucune difficulté à reconnaître les sentes qui mènent à la rivière. Il a sa petite idée.

La propriété et le château du Noyer sont situés à l'écart du village. Or, de nos jours, plus personne ne se déplace à pied, c'est bien connu. Logiquement, il devrait trouver une bagnole arrêtée sur la route, ou quelque Mobylette planquée dans les fourrés.

Des braconniers décidés à s'en prendre à la rivière ne peuvent aborder la propriété par trente-six mille chemins.

Et ces chemins, Jean-Pierre les connaît mieux qu'eux !

Aidé par la lumière de la lune, il ne lui faut pas plus d'un quart d'heure pour localiser le premier... car, à force de fouiner, il ne tarde pas à en découvrir deux autres.

Au moins trois ! Ils manquent pas d'air, les brigands ! Bientôt, s'il n'y prend garde, ce sont des régiments entiers qui vont défiler ici.

Tous ces vélomoteurs se ressemblent, évidemment. Pourtant, à y regarder de plus près, il parvient à en reconnaître un tout particulièrement. S'il ne se trompe pas, il va même lui permettre d'éclairer l'affaire d'un jour particulièrement savoureux.

Jean-Pierre se tasse légèrement sur lui-même et se met à l'écoute des bruits de la nuit. Il entend les bruits caractéristiques des galets et des pierres chahutés dans le courant. S'ils n'ont pas tendu de filets, ce que croit Jean-Pierre, en s'y prenant comme ça, ils ne risquent pas de provoquer une hécatombe.

D'ailleurs, selon lui, la pêche miraculeuse ne devrait pas tarder à se terminer. Les bruits se rapprochent de plus en plus. C'est fou de vouloir être discret et de se comporter de manière aussi bruyante.

Cela lui rappelle la discrétion voyante des gendarmes.

Cette comparaison le fait sourire. Il faudra qu'il la raconte à Alexandra celle-là. Ils vont bien rire, tous les deux.

En attendant, il va rigoler avec les autres.

13

Ils sont trois.

Trois grands gaillards comme lui.

Celui qui intéresse Jean-Pierre, c'est le plus grand. Il marche en tête, balançant à bout de bras un sac de sport. Sorte de cône de couleur foncée, fermé au sommet par un système d'anneaux et de ficelles, comme cela se faisait autrefois. Les deux autres sont des Parisiens. Des enfants de vacanciers. Jean-Pierre les a souvent croisés sur la place, slalomant inlassablement entre les platanes, avec leurs engins.

Il les sent inquiets et sur leurs gardes, et pourtant ils avancent lourdement, bruyamment. Quelle bande d'inconscients ! La moindre ronde de gendarmes pourrait les entendre depuis la route.

Jean-Pierre sourit quand il les voit s'emparer de leurs vélomoteurs. Visiblement, ils ne se sont aperçus de rien.

Parfait.

Quand ils passent devant lui, sans se montrer, il se met à hurler et à battre les taillis avec un bâton. L'effet est immédiat. Après la surprise, c'est la trouille qui s'empare d'eux. Comme un seul homme, ils sautent sur leurs mobs et pèsent sur les pédales à grands coups de reins et de jarrets.

Ils n'ont qu'une idée, les petits galopins : déguerpir.

D'ailleurs les deux premiers ne tardent pas à pétarader et disparaître. Mais allez donc faire démarrer un engin auquel on a débranché le fil de la bougie et dégonflé les pneus !

Jean-Pierre le laisse s'essouffler un moment avant de lui tomber sur le dos. Il est plus leste et plus rompu à ce genre d'exercice que son adversaire. L'effet de surprise aidant, il ne lui faut pas bien longtemps pour le terrasser, l'immobiliser et le ficeler à l'aide des tendeurs qu'il a prélevés sur les porte-bagages.

Selon une technique découverte dans une bande dessinée et qui l'a fortement impressionné, Jean-Pierre lui ramène les bras dans le dos et fixe solidement les poignets l'un à l'autre. La tâche est d'autant plus aisée que le jeune braconnier ne pipe mot et semble mort de trouille. Telle une autruche, il s'est fiché le nez dans l'humus et fait comme s'il n'était pas là. Ce qui permet à Jean-Pierre de lui enrouler un tendeur autour de chaque cheville et de ramener le tout jusqu'aux poignets.

Ainsi entravé, l'adversaire peut marcher mais certainement pas courir. Ou en tout cas pas bien longtemps !

« Lève-toi », dit Jean-Pierre sèchement.

L'autre roule sur le dos et regarde son adversaire.
« Ah ! c'est toi... »

Il paraît soulagé.

Il faut dire que Jean-Pierre et lui ont été les meilleurs copains du monde. A l'école partageant le même banc et, au-dehors, les mêmes jeux. Et puis, peu à peu, Jean-Pierre a cessé de fréquenter l'école avec assiduité. L'autre a noué d'autres amitiés. Il s'est entiché de sa mob et des programmes télé. Un jour, il leur a bien fallu constater qu'ils n'avaient plus grand-chose en commun et presque plus rien à se dire.

Ils se sont séparés sans vraiment se fâcher. Sans vraiment le décider non plus. La vie l'a fait pour eux.

Jean-Pierre se contente de le regarder. Il est clair que ce n'est pas l'ancien copain qu'il voit, mais le braconnier.

Puis il sort calmement un mouchoir de sa poche et lui bande les yeux.

« Et maintenant suis-moi », lâche-t-il en l'empoignant à la saignée du coude.

Sans un regard ni même une pensée pour la Mobylette abandonnée en travers du chemin, il l'entraîne en direction de la rivière.

« Où m'emmènes-tu ? s'inquiète l'autre d'une voix suraiguë.

— Dans un coin paisible où personne n'ira te chercher. Rassure-toi, c'est juste un petit séjour. Le temps qu'on décide de ton sort, quoi... »

C'est le genre de phrase qui ne déplaît pas quand on l'entend au ciné. Mais là, dans cette nuit de pleine lune, en pleine forêt de hêtres, elle a quelque chose d'intolérable. Le jeune maraudeur, en tout cas, ne peut la supporter.

Il se laisse choir en éclatant en sanglots.

Façon comme une autre de manifester, clairement, qu'il aime mieux mourir sur place que de faire le moindre pas...

« Mais qu'est-ce que j'ai fait de mal, lâche-t-il entre deux hoquets. Tout le village sait que toi aussi tu chopes des poissons à la main...

— Oui, mais moi je fais pas des ravages. La preuve, quand vous voulez du poisson, c'est ici que vous venez ! Si tu crois que je ne le vois pas quand vous « faites le courant » la nuit... Et puis, y'a pas que ça... Regarde un peu à combien vous vous ramenez ! »

Jean-Pierre se penche et le saisit au col d'un geste rageur. Violent même. L'autre a un mouvement instinctif de recul et bredouille :

« T'as pas le droit... On cogne pas sur un type qui peut pas se défendre... »

Et, comme il voit que rien ne lui tombe sur le coin de la figure, il ajoute à toute vitesse :

« T'as vu les deux autres... c'est des Parisiens. Ils sont pas capables de choper le moindre poiscail. Si tu me crois pas, regarde ce qu'il y a dans le sac. »

Jean-Pierre réalise alors que, dans la bagarre, il a oublié l'objet du délit. En deux enjambées il a rejoint la pétrolette et la relève. Le sac de sport est accroché au guidon.

Il le dégage, l'ouvre et s'exclame :

« Ben dis donc ! t'as vraiment pris ce qui t'est tombé sous la main. Des chevesnes... D'accord, y'en a cinq et tous de belles tailles, mais c'est immangeable ces trucs-là !

— Oh ! tu sais... pour des Parisiens c'est bien suffisant ! Ils y connaissent rien. »

Jean-Pierre ne supporte pas cette mentalité. Ou ces types sont ses amis et alors il leur fait de vrais cadeaux. Ou bien il s'en moque et alors il laisse en paix ces chevesnes qui ne lui ont rien demandé.

Finalement, il est plus dégoûté qu'autre chose et n'a qu'une envie, planter cet imbécile ficelé sur le bord du chemin et le laisser se débrouiller.

L'autre a dû percevoir son embarras car il ne sanglote plus. C'est même d'une voix raffermie qu'il ajoute :

« Bon... tu crois pas que la plaisanterie a assez duré ? On va pas passer la nuit à jouer au gendarme et au voleur pour cinq chevesnes... Tu n'as tout de même pas l'intention de me livrer aux autorités ? T'imagine la gueule de mon pater... Si tu me relâches, t'as ma parole que je remettrai plus les pieds ici. Plus jamais ! »

Jean-Pierre a perdu de son assurance. Au départ, il était bien décidé à lui donner une bonne leçon. Et maintenant il a en face de lui un ancien copain, dont il tient le destin entre ses doigts.

Pourtant, c'est d'un pas rageur qu'il avance vers lui, se penche et le saisit à nouveau au col.

« Jean-Pierre, fais pas le con, merde... »

Mais Jean-Pierre est frappé de l'aveuglement et de la surdité de celui qui se bat contre lui-même. Il assure sa prise et le secoue sans ménagement.

« Au secours... au secours...

— C'est ça, Remy, gueule. »

Il a les dents serrées et le visage crispé.

« Tu devrais gueuler plus fort que ton père t'entende. Il n'y a pas très longtemps qu'il a quitté le château du Noyer et je ne serais pas surpris qu'il rôde dans les parages... »

Ces paroles ont un effet instantané.

Le dénommé Remy a cessé illico d'ameuter la forêt. La perspective de voir se ramener son gendarme de père le rend muet.

C'est qu'il a la main à la fois leste et rude, le brigadier Marchand.

« Tu sais ce que tu mériterais ? » renchérit Jean-Pierre.

Seul, lui répond le bruit de la salive franchissant les parois, plutôt contractées, de l'œsophage.

« Eh ben, tu mériterais que je t'installe, tel quel, sur le bord de la route et que ton père te ramasse au passage.

— Fais... fais pas le salaud... Tu sais comment il est, il ne plaisante pas avec ce genre de truc... »

Jean-Pierre reste silencieux un long moment, avant d'ajouter :

« O.K..., mais à une seule condition, mon pote. Tu regonfles ton vélomoteur et je le garde en otage. Quelque chose me dit que cette histoire pourrait être plus compliquée qu'elle en a l'air... »

Malgré tout, Jean-Pierre ne parvient pas à se débarrasser de l'impression que lui avait laissée son rêve.

Remy n'a pas le choix. Il hoche la tête et déglutit un vague acquiescement. Il est à la fois penaud et très heureux de s'en tirer à bon compte.

Quant à Jean-Pierre, il se venge comme il peut et n'est pas mécontent de retirer du circuit un de ces engins bruyants.

Quelques secondes après, Remy, libéré, détale en direction du village.

Quand Jean-Pierre se retrouve à la Ricordaine, tout est calme. Le château a éteint ses lumières.

Robur, le bouvier, bondit silencieusement à sa rencontre.

Cette petite expédition a bien duré deux heures.

Il range la mob dans la remise et la dissimule sous une vieille bâche. Il ne sait pas encore s'il va parler de cette histoire à son père. Avant de prendre une décision, il a besoin d'avoir l'avis d'Alexandra.

Ce n'est qu'une fois installé dans ses draps et la tête calée sur son oreiller que l'étrangeté de cette aventure lui apparaît enfin.

A l'origine de son épopée, il y a ce rêve. Sans l'avertissement qu'il semblait contenir, il n'aurait certainement pas mis le nez dehors. Il faut reconnaître que certaines coïncidences sont troublantes.

Mais le reste alors ?

Puisque Remy et ses copains étaient bel et bien en train de draguer le courant, quel est le danger qui plane sur Mama Julia, sur Alexandra et, pourquoi pas, sur Galéa ?

Comment savoir ?

Il se retourne encore deux ou trois fois dans son lit, puis décide de ne plus penser à tout ça. Peut-être un autre rêve lui apportera-t-il la réponse à toutes ses questions.

Et puis... demain il passera voir Alexandra avant d'aller à l'entraînement. Mais à ce mot Jean-Pierre sursaute. Son corps se couvre d'une pellicule de sueur froide.

C'est que... nous sommes dans la nuit de vendredi presque samedi. Et la course a lieu dimanche !

Pourvu que ce rêve ne soit pas un mauvais présage !

Le lendemain matin, au château du Noyer, déception. Alexandra est partie faire le marché à La Chartre, avec ses parents.

Marguerite a sa mine de conspiratrice. Le petit sourire en coin, le regard en dessous et l'impossibilité de tenir en place.

Sûr qu'il se trame quelque chose ici...

14

Sur le coup de six heures, le vent d'ouest s'est brusquement levé. Pas besoin de bulletin météo pour savoir que c'est là signe de pluie.

Précédé d'une escouade de gros nuages blancs, le gros temps n'a pas tardé. Une chape gris-noir est venue couvrir tout le pays. Aux quatre coins de l'horizon, le ciel et la terre paraissent sertis. Sous ce plafond bas et sans issue, il règne maintenant une atmosphère d'étuve.

Les insectes et les animaux sont si excités que Jean-Pierre juge plus prudent de ramener Galéa au bercail. Pour la première fois il sent la jument lui échapper. Il n'est pas question de risquer le moindre incident la veille de la course.

L'orage a tourné toute la soirée pour n'éclater que dans la nuit. Après un coup de tonnerre épouvantable, les nuages se sont crevés, déversant des tonnes d'eau.

Au matin, quand le soleil a risqué ses premières œillades, plus rien ne s'interposait entre lui et la terre.

Une terre comblée.
Une terre gorgée d'eau et de promesses.

Sans être poisseux ni trop lourd, avec la pluie de cette nuit, le terrain a pris de la consistance. Bien que le soleil n'ait pas faibli depuis ce matin, M. Raymond ne cache pas son inquiétude.

Galéa n'aime pas les terrains collants.

Il se baisse, ramasse machinalement une motte et tente de l'effriter. La terre adhère à ses doigts et il est obligé de secouer sa main pour s'en débarrasser. Il frotte ses paumes l'une contre l'autre et finit par obtenir une petite boule brune qu'il roule entre ses doigts.

Geste mécanique qui montre combien il est préoccupé.

Jean-Pierre l'observe d'un œil inquiet.

Sous son teint plutôt hâlé, il fait pâle mine. L'instant fatidique approche. Depuis deux nuits, il a très mal dormi, et cet orage n'a rien arrangé. Impossible de fermer l'œil avant qu'il n'éclate... et après non plus d'ailleurs.

Il a eu mille fois le temps de pester contre ce sort qui l'a empêché de voir Alexandra durant ces quarante-huit heures. Pourtant elle seule aurait pu le rassurer et lui redonner confiance.

Les conseils de M. Raymond l'obligent à fixer son attention sur la réalité. Une réalité tendue et grinçante...

« Sur un sol comme ça, faut alléger le plus possible l'arrière-train. Surtout au démarrage. »

Il se tourne vers Jean-Pierre et le fixe avec intensité.

« Tu la connais, Galéa, avec ses départs foudroyants, elle a tendance à se tasser sur ses antérieurs. Sur ce terrain, elle s'enlise ! »

Il fait quelques pas en boitillant. Il a envie de jeter à tous les diables cette prothèse métallique qui s'enfonce à chaque fois de quelques centimètres. Finalement, il change sa canne de main et fait signe à Jean-Pierre d'approcher.

« Ben voilà, dit-il en s'appuyant sur son épaule, c'est tout de même mieux comme ça, tu ne trouves pas ? »

Et sans attendre de réponse il ajoute, reprenant le fil de sa leçon :

« Elle est très nerveuse, ces jours-ci. Tu l'as bien senti. Alors, si tu te laisses enfermer dans le peloton, t'es foutu. La terre, qui ne colle qu'à moitié, va voler dans tous les sens. Et rien n'agace plus les bêtes que ces projections ! Si tu ne peux pas prendre la corde au départ... joue la politique de l'extérieur. Débrouille-toi comme tu veux, mais ne te laisse pas enfermer. Et n'oublie pas, au moment où tu lui demanderas de fournir un effort : allège le train arrière. »

Ils ont quitté la piste et avancent lentement, maintenant, en direction du pesage.

« Ce qu'il faut à présent, mon garçon, c'est que tu sois solide. Pas question de craquer. Tu sais ce qu'on va faire ? »

Jean-Pierre se contente de secouer la tête de gauche à droite.

« Eh bien, nous allons manger un bout... Mais léger pour toi, hein ! Ne perds pas de vue que t'es au régime jockey ! Après ça ira mieux, tu verras... »

Malgré la tape amicale qui ponctue la phrase, le

jockey en question n'en bâille pas une. Il aimerait bien pouvoir dire quelque chose, mais impossible.

Il n'a jamais été aussi coincé de sa vie.

Quant à avaler quoi que ce soit avant le grand huit, cela lui paraît complètement hors de question.

Voire incongru.

Évidemment, La Chartre ce n'est pas Longchamp.

Pourtant cette petite ville est parvenue à créer un véritable événement hippique. Son champ de courses est fréquenté par des entraîneurs et des propriétaires parisiens, parfois même étrangers, qui viennent y chercher l'oiseau rare.

La Chartre, ces jours-là, connaît une animation exceptionnelle. Les routes environnantes ainsi que les rues étroites et pittoresques sont encombrées. Les restaurants et les hôtels débordent sur les trottoirs et chez l'habitant.

C'est la fête.

Dès deux heures, l'hippodrome est plein.

La famille Vergnault a dû faire la queue. Avant de gagner leurs places dans les tribunes, Alexandra réussit à les entraîner au pesage. Quand ils arrivent, Jean-Pierre est en train de seller Galéa, casaque à damiers argent et or, pantalons blancs et bottes noires.

Quand leurs regards se croisent enfin, elle ne peut s'empêcher de rougir.

Jamais deux jours ne lui auront paru aussi longs !

Maître Vergnault sent bien que le jockey est crispé. Pour détendre l'atmosphère, car la jument est aussi nerveuse que son cavalier, il affirme haut et fort qu'ils ne peuvent que gagner. Et, pour le prouver, il entraîne Annie au pari mutuel miser sur Galéa. Si Jean-Pierre gagne, il partagera avec Alexandra les deux tiers des gains.

Maître Vergnault voudrait bien d'ailleurs que leur fille les accompagne, mais elle préfère rester là jusqu'au départ.

Elle s'est approchée et caresse les naseaux veloutés de Galéa. En même temps elle lui murmure des paroles rassurantes. La jument n'est pas insensible à ce traitement et finit par se détendre. Cela se voit à la sangle qui bâille sur le ventre enfin dégonflé. C'est toujours comme ça. Lorsque madame est nerveuse ou n'a pas envie d'être sellée, elle gonfle son ventre et, quand elle reprend sa taille normale, le harnais flotte sur elle. C'est à cause de ça que M. Raymond a sa jambe dans le plâtre.

Jean-Pierre, qui se méfiait, en profite pour resserrer le tout en un clin d'œil. Alexandra lui sourit en signe de connivence. Leurs regards se rencontrent et, cette fois, ne parviennent pas à se séparer. Elle a son front sur le front de Galéa. Il a sa tempe posée sur la joue de la selle.

Le monde s'agite et s'énerve autour d'eux. Des palefreniers et des jockeys circulent en tout sens. Les haut-parleurs crachouillent une musique entraînante qui hésite entre le musette et la marche militaire. Et eux se regardent.

Et leurs regards ne voient qu'eux.

C'est tout juste s'ils entendent les sifflements de la sono et le speaker annoncer, sans préambule, le départ de la course et la liste des partants. Ils ne bougent pas d'un cil lorsque le nom de Jean-Pierre Rouleau, associé à celui de Galéa, résonne.

Ils ne bougent pas, n'ont pas le moindre battement de paupières, pourtant ils savent qu'il va falloir rompre cette étonnante étreinte.

Se séparer.

Ils le savent mais aucun des deux ne parvient à commettre le geste fatidique. Et sans doute seraient-ils restés là bien longtemps encore, au risque de compromettre la course, si Alexandra ne s'était décidée.

Sans le quitter des yeux, elle fait un pas.

Un premier pas.

Elle est tout près de Jean-Pierre. Presque contre lui. Il sent son parfum. Et son haleine caresse sa bouche quand elle dit :

« Bonne chance, Jean-Pierre... je suis sûre que tu vas gagner. Tu peux me faire confiance... »

Comment ne lui ferait-il pas confiance ?

Ne lui avait-elle pas déjà assuré que c'est lui qui monterait Galéa pour cette course ?

Il voudrait lui dire tout ce qu'il ressent, tout ce qu'elle lui apporte, en un mot tout ce qu'elle est pour lui, mais impossible. Un vide vient de se creuser en lui et le laisse impuissant.

Pantelant.

La vie, le monde se sont arrêtés sur ce geste d'Alexandra passant avec naturel ses bras autour de son cou et... posant ses lèvres sur les siennes.

Des lèvres chaudes, parfumées, enchanteresses.

Des lèvres qui lui ont révélé le goût du bonheur.

Et sa fragilité aussi car, immédiatement après,

Alexandra murmure : « Je t'aime » et s'enfuit, bouleversée par sa spontanéité. Rougissante, elle court éperdument. Elle court sans se retourner et sans voir qu'elle vient de lui offrir le plus beau cadeau qu'il pouvait espérer, le cadeau du vainqueur.

Jean-Pierre fait un pas machinal dans sa direction. Il lève le bras. Ouvre la bouche. Et reste ainsi, une seconde ou deux, comme pétrifié. C'est le temps qu'il lui faut pour que les choses reprennent leurs places. Pour que sa respiration retrouve un cours presque régulier. Pour que son corps se vide de ce battement gigantesque, et que son cœur cesse de se prendre pour le centre du monde et redevienne cet organe chargé de faire la circulation.

Alexandra a disparu. Pourtant, il a encore dans les yeux sa silhouette souple et sa robe envolant ses volants autour de ses jambes mordorées.

Quand Jean-Pierre enfourche Galéa, il n'est plus le même. Un feu s'est allumé au fond de lui et le remplit d'une étrange chaleur.

D'une étonnante force aussi.

Porté par un tel noyau incandescent, plus rien ne peut lui résister. Il flatte l'encolure de Galéa et lui glisse à l'oreille :

« Montrons-leur ce que nous sommes capables de faire... même sur un sol un peu lourd. »

15

Les chevaux sont trop excités. Le lancement se fait au starting-block et on en est au troisième faux départ. Trois fois le cordeau élastique s'est levé alors que les chevaux n'étaient pas parfaitement alignés.

A chaque fois Jean-Pierre a réussi à ne pas se laisser embarquer par la fougueuse Galéa. C'est un bon point pour elle, ça, car l'énergie dépensée dans ces faux départs est considérable.

A nouveau le fanion se lève.

Les chevaux se remettent en ligne et commencent à avancer. Jean-Pierre porte le numéro six. Il se trouve donc placé plus près de la corde que de l'extérieur. Mais, s'il ne veut pas se faire enfermer, il va devoir jouer serré.

Un œil à droite, l'autre à gauche... Cette fois, ce pourrait bien être le vrai départ. Sous ses fesses, Galéa caracole. Elle est d'une nervosité incroyable. C'est encore pire qu'hier avant l'orage.

Le deuxième fanion se lève.

Les deux fanions s'abaissent, traçant dans l'air

deux courbes rouges. Léger moment d'hésitation et le starting se lève en chuintant.

Jean-Pierre s'est jeté en avant sur le cou de Galéa, soulageant au maximum son arrière-train. Il donne du mou à la bride et serre violemment les cuisses. Le visage enfoui dans la crinière, il l'encourage de la voix.

« Allez, ma belle. Vas-y... Mets le paquet... là... là... encore un effort. »

Genoux serrés, buste presque à l'horizontale, il a l'impression d'enlever Galéa. Non seulement il la soulage de son poids, mais en plus c'est lui qui la porte en avant...

Entre ses cuisses pourtant, il sent bien la machine musculaire produire son effort. Car la jument a compris ce qu'il attendait d'elle. Ils n'ont qu'une vingtaine de mètres pour couper la voie aux chevaux qui sont à leur gauche, c'est-à-dire vers la corde. Au-delà, une telle manœuvre est considérée comme une faute.

Quand Galéa s'est enfin placée, il peut ne pas être mécontent. Elle se trouve à l'extérieur d'un groupe de trois chevaux. A droite, et légèrement en avant, le peloton, qui, lui, a filé en droite ligne, s'est regroupé, et c'est la bataille.

Tout autour les mottes de terre volent, mais ni lui ni sa jument ne sont incommodés.

Pour ralentir le train, Jean-Pierre a repris un peu d'assiette. En même temps, sur le cou de Galéa, la bride est plus tendue.

Inutile de dépenser toutes ses forces maintenant.

Quand ils abordent la petite montée, le peloton a éclaté. Un superbe cheval noir, haut sur pattes, monté par un jockey à casaque rose et vert et portant le numéro huit, a pris la tête.

Jean-Pierre s'est légèrement détaché des deux chevaux qui serrent maintenant la corde, à sa gauche. Il ne craint qu'une seule chose, se faire enfermer dans le virage.

Mais Galéa ne voit pas la course sous cet angle. Elle aimerait bien prendre la tête de ce petit groupe et le manifeste en tirant sur la bride.

Mais Jean-Pierre est têtu.

« Doucement, ma belle..., doucement... »

Et c'est le faux plat avant la montée du petit bois. Celle-ci, il la connaît. C'est une coupeuse de pattes. Selon sa tactique, il préfère l'aborder en retenue.

Devant, le huit, en revanche, allonge la foulée. Des tribunes, et même du pesage où M. Raymond atterré n'a presque plus de voix, ce maudit canasson noir donne l'impression de s'envoler irrémédiablement vers la victoire. Il a facilement quatre ou cinq longueurs d'avance.

Il aurait dû s'en douter que le gamin ne ferait pas le poids ! Il n'aurait jamais dû écouter cette mijaurée ! Et tout ça parce qu'elle est la fille d'un avocat devenu propriétaire du château du Noyer !

A la fin de la montée, lorsque les chevaux laissent le petit bois, le huit a doublé son avance.

Malgré sa déception, Raymond ne peut s'empêcher d'admirer ce magnifique cheval. Quelle foulée ! Quelle puissance ! Mais quelle élégance aussi !

Et puis, monté de main de maître. C'est ce jockey qu'il aurait dû choisir au lieu de ce...

M. Raymond lève sa prothèse en poussant un cri de rage...

Jean-Pierre est obligé de reconnaître que c'est aussi une façon de gagner que de mener un train d'enfer depuis le départ. D'ailleurs ce numéro huit il l'avait repéré. A chaque fois il était parti comme une flèche.

Derrière le leader, le peloton s'est considérablement étiré. Et, sur sa gauche, Galéa n'a plus qu'un seul cheval. L'autre est à quelques longueurs derrière. Il est évident qu'à ce train-là le huit impose une sélection draconienne.

Les chevaux viennent d'aborder une première ligne droite. C'est le moment que choisit Jean-Pierre pour libérer un peu la jument. A nouveau, il se jette en avant et l'encourage de la voix.

Bien sûr Galéa n'attendait que ce signal pour forcer l'allure. En quelques foulées elle s'est débarrassée de son voisin de gauche et s'est placée à la corde.

Personne devant elle. Galéa se sent plus libre. Et c'est parfaitement à l'aise qu'elle aborde le virage en épingle à cheveux. Cette place à la corde, et son changement d'allure, lui permettent de reprendre quelques longueurs au numéro huit.

Résultat de ce petit stratagème, Jean-Pierre et sa jument se trouvent entre le peloton et le meneur.

Ce n'est pas si mal...

Justement, c'est bien ce que lui reproche en titubant M. Raymond. Il a trop bridé Galéa, et cette attaque est brillante, sans doute, mais tardive.

Quel dommage !

Il en est là, à ronger son frein, quand les chevaux abordent la dernière ligne droite.

Dans les tribunes, Alexandra s'accroche au cou

de son père et se penche, presque dangereusement, pour les regarder arriver.

Lancée à plein régime, Galéa avale la petite montée des tribunes sans effort apparent. C'est un beau spectacle qui soulève l'enthousiasme. D'autant plus que, devant, le numéro huit donne des signes de fatigue. Au passage des tribunes, il n'a plus qu'une longueur d'avance.

C'est alors que Jean-Pierre libère complètement Galéa.

Comme portée par les ovations, elle fait un bond en avant. Quant à Jean-Pierre, il est carrément plié en deux, les fesses en l'air. La main qui tient les rênes va et vient dans la crinière, tandis que l'autre flatte sans cesse l'encolure tendue et luisante.

« Allez, ma belle... Fonce... Libère-toi... Donne tout ce que tu as dans le ventre... »

Galéa n'attendait que ça pour prouver qu'elle est capable d'aller vite. Très vite.

Jamais il ne l'a sentie aussi forte. Aussi volontaire.

Rivé à elle, Jean-Pierre donne l'impression de chevaucher Pégase. Et, quand ils franchissent la ligne d'arrivée, le numéro huit est à dix longueurs derrière, et ne maintient sa place de second que de justesse. Le deux, qui a effectué une partie de la course aux côtés de Galéa, a bien failli le coiffer au poteau.

Jean-Pierre se redresse et tire doucement sur la bride. Il lui faut une cinquantaine de mètres pour parvenir à stopper Galéa. Une écume blanchâtre vole autour d'eux, et ils sont complètement essoufflés.

Quelle course !

« Tu vois qu'elle avait raison... »

Pour toute réponse, la jument se contente de lancer sa tête en l'air, de s'écrouler et de souffler bruyamment l'air par ses naseaux.

Dans les tribunes, Alexandra et son père n'en peuvent plus d'avoir hurlé pour soutenir la jument d'abord, et pour manifester leur joie ensuite.

Il faut dire qu'au début ils ont été plutôt crispés...

Maître Vergnault brandit fièrement son ticket et Alexandra ne peut endiguer une brusque montée de larmes.

Quant à M. Raymond, au pesage, il en a plié sa prothèse. Elle gît à ses pieds, inutile, et formant un ridicule angle de quatre-vingt-dix degrés. Il regrette maintenant ce geste inconsidéré qui l'empêche d'aller au-devant des vainqueurs.

Alors il reste là, à grogner et à piaffer d'impatience, en attendant l'arrivée des héros...

Les héros qui repassent, paisiblement, devant les tribunes debout pour les acclamer. Elle aime ça les ovations, Galéa. De plus, elle est vraiment heureuse. Il y a si longtemps qu'elle n'avait pas eu l'occasion de se donner à fond.

Elle secoue la tête encore une fois. Elle s'est bien amusée.

Jean-Pierre aussi sans doute, car, sur son dos, il affiche un sourire béat. Jamais de sa vie il n'a été aussi heureux. Bien sûr les acclamations y sont pour quelque chose. Pourtant, si elles lui montent un peu à la tête, elles ne l'enivrent pas au point de lui faire oublier Alexandra.

C'est elle qu'il cherche dans cette foule qui lui fait un triomphe. Et ce n'est que lorsqu'il croit apercevoir ses boucles brunes et son sourire lumineux, qu'il ressent les premiers effets de la victoire.

De leur victoire.

16

C'est la fête. Une vraie... Tout le pays est réuni : les hameaux alentour, les fermes isolées, les notables de Saint-Aignan, le personnel du haras. Le brigadier Marchand et son malchanceux fiston, M. le curé, qui est de toutes les fêtes, les pompiers, le cantonnier, le garde champêtre, le médecin, le maire, les amis et les parents de la famille Rouleau, en tout une cinquantaine de personnes gaies comme des rossignols dans une nuit de mai.

Jean-Pierre est à l'honneur, mais depuis un moment on l'a oublié. M. le curé, qui ne manque jamais à sa réputation de joyeux drille, a donné le ton. Levant son verre, il s'est écrié :

« Quand mon verre est vide je le plains, quand mon verre est plein je le vide... »

Puis, dans un geste solennel, il fait lentement tourner son verre dans un rayon de lumière en ajoutant :

« Belle couleur, ce petit blanc, hein ? Vous savez ce qu'il me rappelle ? »

Et tour à tour il plante ses yeux dans le regard de

ses plus proches convives. Visiblement M. le curé a envie de raconter une histoire. C'est sa façon de remplacer le sermon sans doute. Aussi, dès qu'il recommence à parler, c'est un tonnerre d'applaudissements qui accueille ses premières paroles.

« Puisque vous insistez, je vais vous dire à quoi me fait songer ce petit vin... Il me fait songer au père Corbeau dont ceux d'ici, jeunes et vieux, se souviennent encore. Personne de tous les environs n'avait un gosier capable d'accueillir avec tant de générosité le petit vin blanc des coteaux de Marçon. Ah ! il l'aimait ce petit vin ! Malheureusement, ici-bas, on peut aussi mourir d'amour. Et quand sa femme, la brave Honorine, qui était lavandière et qui, pour avoir les draps les plus blancs de la région, n'avait besoin ni de machine, ni d'enzymes gloutons, le trouva plié en quatre dans sa cave à côté de son tonneau favori, elle crut bien qu'il était mort de ça, justement ! Le temps de voir que, grâce à Bacchus, il n'avait pas passé la larmichette à gauche, et elle alla quérir à toutes jambes le vieux docteur Poirier. Celui-ci comprit immédiatement de quoi il s'agissait. Il lui fit une piqûre qui le ramena immédiatement à la vie, et aida la brave Honorine à transporter le malade du lit de ses amours au lit conjugal. Déjà, d'ailleurs, il allait un peu mieux. Après l'avoir installé dans ce grand lit, au milieu des draps blancs et parfumés que l'Honorine avait lavés à la rivière et fait sécher au grand air, le docteur lui fit avaler un solide emplâtre de sa fabrication qui avait sauvé plus d'un estomac du canton. Dès que le père Corbeau eut ingurgité cette matière blanchâtre, son visage reprit ses couleurs. Et tandis qu'il se redressait déjà sur ses coussins, notre bon praticien lui interdisait de retoucher à ce petit vin blanc sous peine de ne plus jamais avoir besoin de ses bons offices. Le père Corbeau acquiesça gravement. Puis il fit signe à Honorine d'approcher. « Dites, docteur, c'est un remède « miracle que vous m'avez donné là. Je me sens « comme un jeune homme. Il nous faut fêter ça sur-« le-champ. Pas vrai, l'Honorine ! Va donc nous « chercher ce petit vin blanc de soixante-quatre qui « m'en voudrait sans doute si je lui faisais manquer « un tel événement ! » Et comme, vous vous en doutez, le docteur le regardait avec accablement, il ajouta : « Docteur Poirier, sauf le respect que je « vous dois, ce n'est pas vous qui me démentirez : « on a souvent vu un vieux corbeau bien noir et « bien vivant perché sur une branche de poirier « mort ! »

Ceux qui connaissent l'histoire sont déjà hilares. Les autres ne tardent pas à les imiter. M. le curé attend patiemment que ses ouailles se calment avant d'ajouter en regardant M. Vergnault :

« Ce n'est pas facile de par chez nous d'être docteur. De même que curé d'ailleurs. L'un soignant le corps et l'autre l'âme ; les prescriptions de l'un sont aussi difficiles à suivre que celles de l'autre... »

Se voyant interpellé, maître Vergnault, à qui il en faut moins que ça pour prendre la parole, se dépêche de répondre :

« Il est vrai que les commandements des religions, la vôtre comme la nôtre, puisque tout le monde sait que nous sommes juifs, sont toujours difficiles à suivre. S'il n'est pas facile d'être un bon chrétien ou un bon juif, il me paraît presque impossible d'être prêtre ! Comment envisager la vie sans femme ? D'ailleurs, sans vouloir engager ici un débat théologique, Dieu n'a-t-il pas dit aux Hommes : croissez et multipliez ? »

Parfaitement à son aise, M. le curé sourit avec bonhomie.

« Justement, maître Vergnault, vous ne croyez pas si bien dire. Malgré ce célibat, ce ne sont pas les enfants qui me manquent... Mon rôle, avant tout, est d'être le père de chacune de mes ouailles ! Quant aux femmes... je sais mieux que tout autre qu'il est difficile de s'en passer car, pour ne rien vous cacher, j'ai eu une vocation plutôt tardive. Mais sachez pourtant que je ne regrette plus rien, surtout depuis le jour où je les ai entendues en confession... »

Toute l'assemblée est prise d'un rire convulsif. Puis, après ce rire ce sont les bravos qui éclatent. Le brigadier Marchand s'est redressé à son tour. La bedaine en avant, les joues rouges, il a commencé à entonner : « C'est à boire à boire à boi...re, c'est à boire qu'il nous faut... »

Les convives aussitôt ont levé leurs verres, reprenant en chœur cet hymne des fins de banquet...

On s'amuse, sans arrière-pensées. Les tensions, les problèmes, les soucis sont effacés. Ce soir, c'est la trêve.

Le parc du château est complètement illuminé... C'est Annie qui a eu cette superbe idée ! Une fête en plein air, la nuit, sur les pelouses vertes, protégée par les platanes, les charmes et les chênes. Et par-dessus tout ça, un ciel de chaud été, des étoiles.

Assis au milieu de la table d'honneur, Jean-Pierre préside. Son visage est radieux. Il est si heureux qu'il lui est impossible de parler ou de rire. Seul un sourire béat traduit son état d'âme.

Les plaisanteries fusent de tous les coins. Lui, il pense. Ou plutôt, les mots tournent dans sa tête. « Je t'aime. Je t'aime. » Elle lui a dit « je t'aime »...

« Encore une tournée la faridondon...

— Encore une tournée la faridondaine... »

Ce sont à présent les pompiers qui servent à boire. C'est que le feu est maintenant dans les gosiers.

Et lui...

Cœur gonflé, respiration bloquée, il la regarde. Depuis le début du banquet, il la regarde, sans rien entendre, sans rien voir d'autre. Elle lui a dit « je t'aime » en l'embrassant sur la bouche et pendant toute la course il a conservé le goût de cet aveu sur ses lèvres.

Elle est assise à des kilomètres de lui. Perdue, seule, si petite, si belle au milieu de tous les invités. Elle est si loin, et pourtant si proche des yeux et du sourire...

Des fleurs de tissu jaunes se mêlent à ses cheveux noirs. Elle s'est mis une touche d'ombre à paupières, un soupçon de poudre et du rouge à lèvres. C'est vraiment une jeune fille dans sa robe blanche. Par moments, elle fait la moue et il a l'impression qu'elle lui envoie des baisers discrets. C'est alors que son cœur s'emballe.

Elle lui a dit je t'aime en l'embrassant. Quelle folie, quelle imprudence ! Et si quelqu'un les avait vus ? Une peur rétrospective l'envahit. Personne ne doit découvrir leur amour. Personne !

Vient le moment des chansons. Chacun veut

pousser la sienne. C'est M. Raymond qui débute par un petit air d'opérette...

Les étoiles en vibrent. Les adultes se défoulent et eux, Alexandra et Jean-Pierre, eux, n'entendent qu'un vague bruit de fond venant brouiller les battements du cœur. Dire qu'ils ne le savaient pas avant la course, qu'ils s'aimaient tant !

Les chansons se succèdent. Juché sur sa chaise, le maire de Saint-Aignan veut absolument y aller de sa *Marseillaise*. Mais le vin lui a cassé la voix et ses déraillements sont accompagnés de hurlements moqueurs, de coups de sifflet amicaux.

Ce soir, Jean-Pierre ressemble à un page. Longs cheveux autour de son visage fin. Pourquoi est-il si beau ? En un tic qui traduit toujours son trouble, Alexandra se mord la lèvre inférieure. Quelqu'un qui est hors du temps. C'est son héros. Il a traversé les âges, depuis la nuit des temps, pour la rejoindre, lui le chevalier, elle la princesse.

N'y résistant plus, il lui envoie un petit signe à travers la tablée remuante et bruyante. Par manque de chance, Odile l'intercepte. Automatiquement, elle cherche Annie du regard. Pas de danger de ce côté-là. Mme Vergnault, en bonne maîtresse de maison, surveille le déroulement de la fête et s'emploie à en enchaîner les différents mouvements. C'est le moment de la salade de fruits et du champagne. Elle s'est penchée vers son mari :

« C'est à toi, Albert. »

Comme s'il n'attendait que ce signal, il se lève et, de ce ton superbe qui a fait sa gloire au barreau de Paris, impose immédiatement le silence :

« Écoutez-moi, chers amis, je suis le seul à avoir parié sur Galéa et j'ai décidé de partager mes gains avec Jean-Pierre, sans lequel nous ne serions pas aussi joyeux, ce soir, et sans lequel je n'aurais pas gagné !

— Hourrah ! Hourrah ! »

Ovation. Applaudissements. Très cérémonieusement, Albert Vergnault remet une enveloppe blanche au fils Rouleau.

Les applaudissements redoublent. Odile écrase une larme de son index tremblant. René se rengorge. C'est qu'ils ne sont pas peu fiers de leur rejeton ! Pour une fois que leur petit est premier quelque part, faut en profiter.

Tous les yeux, comme des projecteurs, sont braqués sur eux, la famille Rouleau ! Il y a un léger silence. Un silence plein d'émotion et de tendresse. Jean-Pierre a pris son enveloppe et il ne sait plus quoi faire. Comparé à l'aisance du châtelain, il paraît encore plus gauche, maladroit.

Jean-Pierre ne parvient pas à tirer gloriole de sa victoire. Lui, il ne pense qu'à Alexandra, son baiser, ses mots d'amour. Il ne se demande même pas à combien s'élève la somme remise. Il s'en fiche ! Et il est prêt à se rasseoir sans remercier, quand le père Rouleau le prend par la manche et le secoue :

« Dis quelque chose, sacré nom ! »

Émergeant subitement, Jean-Pierre s'ébroue, comprend ce qu'on attend de lui. Il se racle la gorge, et d'un coup de tête repousse en arrière ses boucles blondes :

« Ben voilà... »

Le trac s'empare d'Alexandra. Elle aimerait lui souffler des mots, mais de toute façon elle est trop loin et aucun ne vient à son esprit.

« ... je suis content... »

Pour les autres, il a l'air d'un grand benêt. Pour Alexandra, il est merveilleux de simplicité.

« Je suis content d'avoir gagné, mais c'est Galéa qui devrait être à ma place, ce soir ! »

Les rires explosent. On l'applaudit. Chacun s'imagine un cheval à table, présidant le banquet, et c'est l'hilarité. Ne sachant pas très bien ce qui amuse tant, Jean-Pierre fait mine de se rasseoir, mais c'est sa mère qui le reprend, cette fois :

« Remercie M. Vergnault ! »

Il n'a pas bien entendu. D'une voix résolument forte, il s'écrie pour couvrir le vacarme des rires :

« Sans Alexandra, nous serions pas si heureux. Je la remercie de tout mon cœur. C'est grâce à elle que nous avons couru, cet après-midi. »

Odile l'examine avec stupéfaction. Alexandra pique du nez. Une panique terrible s'empare d'elle. Impression tout à la fois désagréable, affolante et délicieuse.

« C'est elle qui a insisté pour que je monte Galéa, tout le monde doit le savoir. »

M. Raymond brandit la béquille en bois qui remplace au pied levé sa prothèse métallique et confirme avec chaleur :

« Si tu ne l'avais pas dit, petit gars, j'aurais été déçu. Derrière toute victoire, il y a le génie malin des femmes. La règle est encore là pour nous prouver, à nous les hommes, qu'on ne peut se passer de... »

Alexandra n'entend plus. Rouge de confusion, elle n'ose relever la tête. Quelle folie ! Mais en même temps qu'il est doux de partager les lauriers de son héros ! C'est un peu comme Napoléon remettant la couronne à Joséphine et la faisant impératrice.

Interrompant délibérément le discours de plus en plus confus de M. Raymond, les invités scandent :

« Alex, un discours, Alex, un discours ! »

Un vide effroyable la paralyse. C'est alors qu'Annie, la vigilante maman, se penche, lui effleure l'épaule :

« Allons, ma chérie, tu ne peux pas te dérober... courage. »

Alexandra a, un instant, envie de s'accrocher au cou de sa mère. Mais elle se contient, monte sur sa chaise comme une automate, dit : « Je suis heureuse » et se rassoit.

Il y a un instant de silence que Mme Vergnault rompt avec délicatesse et efficacité :

« Chers amis, c'est le mot de la fin, je n'en vois pas de meilleur, nous sommes tous heureux. Et maintenant, nous allons jouer à la couturière aveugle... »

Le malaise se dissipe immédiatement. On se ressert une tournée, la faridondaine. On porte un toast à Galéa, aux Rouleau, aux châtelains, au curé et à tous les saints. Puis on commence. C'est le curé qui mène le jeu, le notaire et sa femme qui ouvrent le feu.

Yeux bandés, elle doit lui coudre un bouton sur le fond du pantalon.

« Douze bouteilles de Taittinger iront aux gagnants, hurle le curé. En position... »

Le notaire s'incline, expose son postérieur aux premières attaques de l'aiguille. Le supplice prend tout de suite une allure irrésistiblement comique. Stoïque, courageux, le mari tente de rester en place. Mais l'aiguille le pique si régulièrement qu'il émet des grognements, puis ce sont des plaintes, et il se contorsionne, gigote sous les huées de la foule.

Le fou rire secoue l'assistance. Pas une minute de répit. Les couples se succèdent. Il y a déjà deux gagnants quand M. le curé appelle Alexandra et Jean-Pierre.

La séance, encore plus drôle qu'une partie de colin-maillard, les avait soustraits à leur passivité. Pour la première fois, ils participaient réellement, riant beaucoup, donnant du geste et de la voix pour encourager les joueurs. Lorsqu'ils entendent leurs noms, c'est la douche écossaise. Soudain, ils n'ont plus envie de rigoler du tout.

« Allons, Jean-Pierre et Alexandra en piste, et plus vite que ça ! »

Jean-Pierre est tenté de prendre ses jambes à son cou et de s'enfuir. Alexandra a chaud, ses oreilles bourdonnent, son regard se brouille.

« Non mais, regardez-moi cette jeunesse, s'exclame le curé d'un ton ironique... hou les cornes, hou les cornes... »

Bien entendu, l'assistance reprend en chœur. Hou les cornes ! hou les cornes !

A nouveau, Annie se penche vers sa fille :

« Décidément, tu n'es pas dans ton assiette ce soir ! »

Alexandra lève vers elle un regard éploré.

« Tu n'es pas malade au moins ?

— Je ne sais pas coudre, murmure Alexandra, contenant à grand-peine son désarroi.

— Grande sotte, c'est ça qui est drôle ! »

Le regard d'Alexandra est, cette fois, carrément indigné. Mais les invités s'impatientent et Annie ne lui laisse pas le choix :

« Tu vas finir par me faire honte. »

La résignation se lit sur le visage d'Alexandra. Elle se lève. Raide, légèrement hautaine, elle a l'air d'une reine s'apprêtant à passer sous la guillotine.

Lui, il aurait carrément refusé ce jeu ridicule, mais, puisqu'elle s'est soumise, pas question de la laisser tomber. Elle n'ira pas seule au supplice. A la façon d'un Don Quichotte, il la rejoint. Mais au lieu de se mettre en position il se plante devant elle, la contemple.

Les rires redoublent. Et ils songent que les adultes sont trop facilement moqueurs. La farce tourne à l'aigre. Tant qu'il s'agissait des autres, c'était marrant. A présent, ça devient indécent. Jean-Pierre ne se voit pas dans la position prise par les hommes avant lui... Il ne va tout de même pas montrer son postérieur à Alexandra ! C'est impossible, absolument impossible ! Quant à Alexandra, elle n'envisage pas de lui planter l'aiguille dans les fesses, ne serait-ce qu'une seule fois !

« Hou les cornes, hou les cornes !
— Alors, Jean-Pierre, tu te prépares ?
— Il a peur d'une piqûre », crie un pompier.

Jean-Pierre sent qu'il faut faire quelque chose. Ils ne peuvent pas continuer à amuser la galerie ! Avant de s'exécuter, il lance un dernier regard à Alexandra. C'est tragique. Il la sent désemparée. N'écoutant que son cœur, il décide de regagner sa place.

Ça se passe si vite qu'il atterrit littéralement sur sa chaise. Désirant user de son autorité paternelle, René tente de le réexpédier au milieu de la pelouse, mais trop tard !

Un tollé général s'élève.

Alexandra vient de s'enfuir.

Pendant quelques secondes, le joyeux et narquois charivari continue. Mais, ne la voyant pas revenir, on est bien obligé de se rendre à l'évidence. Ce n'est pas un jeu. Les coups de sifflet, les cris s'estompent. Devant le comportement de ces deux gamins, les adultes se sentent désemparés, et un peu coupables.

Un silence furtif survole la table en fer à cheval. Avec tact et habileté, le père Rouleau se redresse. Sa solide carrure, son costume noir de cérémonie, sa chemise blanche et son nœud lavallière rassurent immédiatement, autant que sa bonhomie.

« Je vais vous montrer, moi, que le père vaut mieux que le fils. M. le curé, si vous voulez bien, je prends la relève avec mon épouse.

— Pas question, rugit Albert Vergnault, c'est avec moi que vous prenez la relève, puisque, après tout, je suis forcé de vous montrer que le père vaut mieux que la fille ! »

La bonne humeur revient. Albert se transforme en couturière. Le père René prend la position adéquate. Plié en deux, les mains bien à plat sur les genoux, il attend.

Au premier coup d'aiguille, c'est le délire.

Pendant ce temps, Annie ronge son frein. Elle ne peut abandonner ses invités, et pourtant elle a terriblement envie de rejoindre sa fille pour lui demander une explication. Son regard croise celui d'Odile. Elles se comprennent toutes les deux : il est clair qu'il devient urgent d'agir !

Demain, il fera jour... on envisagera alors les solutions. Pour le moment, il serait idiot de gâcher une fête si réussie. Annie gratifie Odile d'un gentil sourire qui veut dire : allons, ne soyons pas triste, la fête continue !

La fête continue ! Sauf pour Alexandra, qui s'est réfugiée dans sa chambre, et pour Jean-Pierre, perché au sommet de son arbre...

17

A L'EST, le ciel pâlit. La nuit semble être tout doucement aspirée. Les odeurs du matin montent et parfument l'air. Pas de vent. Rien ne bouge.

Alexandra respire profondément, longue silhouette sombre perdue au milieu de la pelouse. Ayant mis son réveil à sonner une heure à l'avance, elle est fin prête. Tout de rose vêtue jusqu'aux bottes de cuir. On se demande pourquoi elle a porté tant de soin à sa toilette...

Depuis deux jours, elle n'a pas vu Jean-Pierre. Le lendemain de la fête au château, ses grands-parents sont arrivés à l'improviste. Par plaisir, mais aussi pour éviter toutes complications avec sa mère, elle a passé son temps avec eux, les amenant partout, leur faisant découvrir le domaine.

Rassurés, Albert et Annie ont vu que leur fille revenait à un comportement normal. Elle est redevenue une adorable petite fille.

La visite surprise de son papy et de sa mamy Véremblum l'a apaisée.

Mais ce matin, elle a envie de voir Jean-Pierre. Même si, par prudence, elle ne peut lui parler. Le voir... juste le voir.

C'est un grand jour. L'horizon s'enflamme. Aujourd'hui, on tue le cochon à la ferme de la Ricordaine. Ramenés par l'écho, les bruits des préparatifs, déjà, lui parviennent.

Les Rouleau ont tenu à tuer le cochon pour marquer la fin des fêtes. Ce qui a donné lieu, hier soir, à une terrible discussion entre le père et le grand-père d'Alexandra. Pas de porc chez les juifs ! Elle n'en comprend pas les raisons. Logiquement, ça s'explique mal... mais les adultes ne sont pas souvent logiques. Enfin ! Cochon ou pas, ils ont tous rendez-vous à la ferme...

Bien que le soleil n'ait pas encore jailli de derrière la colline, elle sent l'heure approcher. D'un pas décidé, elle revient vers le château.

L'agitation règne dans la cuisine. La grosse Marguerite mène le ballet des casseroles. Une odeur de thé et de café donne faim à Alexandra. Elle se hâte, pousse la porte.

Ses parents et ses grands-parents sont attablés.

« Ah ! te voilà, mais où étais-tu donc passée ?

— Je suis allée voir le soleil ! explique-t-elle en embrassant chacun.

— Je n'aime pas ça, murmure Annie.

— Je t'en prie, dit Albert à voix basse, pas d'histoire devant mes parents. Ils ont assez du cochon... »

Annie hoche la tête tout en lui lançant un regard furieux. Il trouve toujours le moyen d'éviter le problème que posent les relations de leur fille et du petit fermier. Il a toujours d'excellentes raisons pour remettre les sujets importants à plus tard.

Alexandra connaît trop sa maman pour ne pas en déchiffrer les pensées. Elle se sent injustement accusée et voudrait bien se défendre. Mais, ne voulant pas ouvrir de difficiles débats, elle s'installe et se laisse servir son chocolat au lait.

« Sans vous précipiter, faut vous dépêcher, conseille Marguerite, j'ai entendu la voiture du charcutier, vont pas tarder à lui faire sa fête...

— Ah ! là ! là ! s'exclame le grand-père Véremblum, tu m'en feras voir de toutes les couleurs... »

Il s'essuie les lèvres de sa serviette, tout en continuant d'observer son garnement de fils.

« C'est pas Kasher !

— Non, mais comment veux-tu refuser, les Rouleau ne comprendraient pas...

— Je te l'avais bien dit que ça te conduirait au pire, ce château !

— Ah ! tu ne vas pas recommencer, s'impatiente la mamy.

— C'est vrai, c'est vrai, soupire le patriarche. Mais je n'aime pas ça... »

Alexandra se retient d'avouer qu'elle a partagé un saucisson avec Jean-Pierre et elle avale son chocolat tandis que les grands sont déjà debout.

« Vite, Alex... »

Odile, secondée par Marguerite et deux autres fermières, s'agite dans la cuisine. L'eau est tenue en ébullition constante. Il y en a quatre marmites. Le hachis d'oignons et d'épinards attend pour la préparation du boudin. Les bassines remplies de sel, les récipients, les pots divers sont déposés sur les tables. Les femmes sont dans un état d'extrême énervement. Elles vont et viennent, vérifiant si tout est en place. Jamais cette cuisine n'a paru submergée par un tel désordre.

C'est qu'une fois mort le cochon ne peut plus attendre. Tout doit être prêt. Le moindre décalage fait coaguler le sang, durcir les boyaux, tourner la viande. C'est aussi la chasse aux mouches. Il faut les prendre de vitesse.

Dans la cour, il règne la même agitation que dans la cuisine. Le charcutier prépare son échelle où il va fixer le porc pour qu'il ne soit pas en contact avec le sol. Il a dressé son établi sur lequel sont rangés les écuelles et les couteaux. Le feu est allumé pour brûler la peau. Trois grands bacs sont alimentés par de l'eau courante afin de rincer soigneusement les viscères, la tête...

Le jour se lève définitivement. La nature se réveille. Le père René, Jean-Pierre et deux aides attachent le cochon. De sinistres hurlements s'élèvent. Alexandra se rapproche de son grand-père, glisse sa main dans la sienne.

« Je n'aime pas ça », dit à nouveau le vieux Véremblum, de plus en plus mal à l'aise.

Elle lève son visage vers celui de son papy. Qu'il est rassurant, ce beau vieillard au visage tout incrusté de rides ! Lui, elle en est certaine, comprendrait ce qui la lie à Jean-Pierre, mais comment lui en parler ? Ce n'est pas le moment, surtout qu'il a sa mine des mauvais jours.

Le cochon vient d'être tiré au centre de la cour. Le pauvre animal pousse des cris affreux, refuse obstinément d'avancer. Il ne veut pas mourir. La gloire posthume de devenir de l'excellente charcutaille n'enlève rien à sa panique. Jean-Pierre et André le tirent par une corde. C'est à peine si leurs quatre bras suffisent. Alexandra serre plus fort la main de son grand-père. Le charcutier avance, muni d'un gourdin. Tapis aux portes des greniers, les chats examinent la scène de haut. Suspendu à sa chaîne, Robur, le bouvier, aboie. Les corbeaux se regroupent.

Le coup de massue part, asséné juste au milieu du crâne. Le cochon s'écroule. Immédiatement, les apprentis et les Rouleau le prennent par les pattes, le posent sur l'échelle soutenue par des trépieds. La mère Rouleau pousse la bassine en dessous. Le charcutier s'empare d'un petit couteau à la lame très effilée. Il l'enfonce rapidement dans la gorge, la ressort. Le sang gicle. Un torrent de sang. Sans attendre un des commis brasse le sang avec une longue spatule...

Debout, silencieux, tout le monde attend que l'animal se vide. Rite païen et fascinant. Puis le mystérieux cérémonial se poursuit toujours dans ce même silence. On fait roussir la peau du cochon au-dessus du feu, on l'apporte sur l'échelle. Le charcutier, alors, l'ouvre en deux. Tout va très vite ensuite. Une fois lavés à grande eau, les viscères sont transportés dans la cuisine. Marguerite fait le boudin tandis que les hommes enferment la bête dans la grange.

C'est la première pause de la journée. Le casse-croûte bien mérité. Odile a préparé sa table la veille. Longue planche posée sur des tréteaux, protégée par la tonnelle de glycine, juste à l'arrière de l'entrée principale de la ferme. Un grand drap blanc recouvre la table de fortune et des bancs de bois l'encadrent. Le soleil est bien à dix heures et il commence à faire chaud. L'ombre des feuillages est agréable à l'œil et à la peau. Dans la joie et la bonne humeur, on s'assoit. Marguerite et Odile apportent le fromage, le saucisson, les pâtés et le vin.

Pour les Véremblum, l'heure de vérité surgit. Sous l'œil bleu et intransigeant du patriarche, ils s'installent à table...

Et pour la première fois, ce jour-là, les Vergnault mangent du porc.

Un instant, le regard du père croise celui du fils. Foudre de Dieu qui transperce l'impie.

Comme au temps de son enfance, Albert sent son âme se recroqueviller, sous la honte et le remords. Penaud, confus, il baisse la tête, prend le couteau et coupe le pâté que Marguerite lui présente.

Pour le vieux Véremblum, c'est plus qu'il ne peut en supporter. Pas de scandale, surtout pas de scandale. Au prix d'un louable effort, il se contient. N'éclate pas. Repousse le flot d'une terrible colère. Il parvient même à prendre un ton poli pour dire :

« Excusez-moi, je ne me sens pas bien. Il faut que je rentre au château. »

Prévenant l'affolement général, il lève la main, ajoute :

« Rien de grave, ne vous faites aucun souci, simplement, je vais demander à Alexandra de m'accompagner. Je suis désolé, madame Rouleau... »

C'est la tuile ! Alexandra sait qu'elle doit obéir. Elle se redresse précipitamment, jette un coup d'œil à Jean-Pierre qui a le réflexe de lui donner rendez-vous au carrefour des trois chênes en faisant jouer le code qu'ils ont mis au point. Il se gratte le sommet du crâne et Alexandra comprend : demain matin, dix heures. « Je ferai l'impossible pour y être », répond-elle en croisant les doigts, puis elle s'élance vers son grand-père qui s'éloigne déjà. Elle glisse sa main dans la sienne :

« Pourquoi ne restes-tu pas ? Ce n'est pas si grave de manger un bout de charcuterie, juste un bout et...

— Veux-tu bien te taire !

— Papy, explique-moi, j'ai le droit de savoir. »

D'un mouvement attendri, il se tourne vers elle.

« Oui, tu as le droit de savoir. »

Alexandra attend un moment, mais son grand-père ne se décide pas. Elle ralentit sensiblement son allure.

« Pourquoi, papy, pourquoi les juifs n'ont pas la permission de...

— Oh ! ils en mangent... vois tes parents.

— Tu as de la peine ? »

Il hausse les épaules, mais cette fois évite de la regarder.

« Tu as de la peine !

— C'est la vie... les jeunes ne respectent plus les traditions. D'ailleurs, moi-même...

— Quoi ? dis, papy...

— Je ne suis pas irréprochable. »

Il est toujours compliqué de se mêler du chagrin des adultes. De plus en plus, Alexandra a l'impression d'être indiscrète. Aussi n'ose-t-elle insister. Un grand moment de silence, puis le vieux Véremblum murmure :

« Je ne suis pas irréprochable, mais ça du cochon... jamais ! »

Elle le sent encore plus tendu, encore plus crispé.

« Jamais, jamais, reprend-il comme s'il s'adressait à lui-même. C'était une bonne vieille femme, moi, j'étais petit... si petit... »

Elle lui serre la main avec force comme pour l'encourager à continuer. Mais il semble soumis au rythme mystérieux de ses souvenirs. Les mots viennent comme ils veulent, traversant le temps et l'espace, ils arrivent de sa Pologne natale, tout hachés de silence et de soupirs :

« Les cavaliers avaient décidé de lui faire manger du porc... Nous, on était autour... elle au milieu, hurlant : Non, non. Têtue. Ils la forçaient et elle... se débattait, refusait. Les juifs ne mangent pas de porc, voilà ce qu'elle répétait sans cesse pendant qu'ils lui donnaient des coups de bâton, des coups de fouet... Elle aurait préféré mourir plutôt que d'accepter. Oui, mourir. Ils l'ont battue jusqu'au sang et... »

La voix du grand-père se casse brutalement. Alexandra a les larmes aux yeux.

« ... Et elle est morte ! » ajoute-t-elle, la gorge serrée.

18

Maître Vergnault a dû tourner tout l'après-midi pour trouver enfin les gitans que le brigadier et le maire ont fait évacuer de ses terres. Ils sont tristement entassés entre une décharge publique et un château d'eau. Quand il arrive, un étrange silence l'accueille, et il doit insister pour se faire conduire à la roulotte du chef par un bambin dépenaillé.

Par chance, le père Rouleau l'a déjà présenté aux gitans. Cela va faciliter les démarches.

Il y a bien longtemps qu'Albert Vergnault n'a pas ressenti cette gêne. C'est le plus mauvais moment de ses vacances. Morose, triste, il suit l'enfant vêtu d'un short trop long et trop large, et d'un tricot de corps distendu. Il passe sous une corde à linge. Derrière, il y a trois jeunes filles assises sur leurs talons. On dirait qu'elles l'attendent, lui, le maître des lieux. Mais ce n'est sûrement pas pour lui faire la fête. Elles ont le visage fermé, le regard farouche.

Les gitanes ont, de tout temps, intrigué maître Vergnault. Elles sont tellement secrètes, tellement repliées sur elles-mêmes ! Dans le monde entier, les belles femmes aiment qu'on les admire. Elles aiment plaire. Pour les gitanes, c'est le contraire, plus elles sont jolies et plus elles méprisent l'étranger qui les convoite. Quand elles sortent dans la rue pour tirer quelques sous aux quidams honnêtes, elles ne peuvent s'empêcher de mépriser encore. Mais derrière cette attitude, Albert le sait bien, il y a la peur, cette peur qui s'est installée dans le campement, à l'instant où il en franchissait les limites.

« C'est là, c'est là, » dit le petit en montrant du doigt une roulotte jaune criard.

Elle est légèrement à l'écart des autres, elle semble aussi plus grande. La porte voûtée à deux battants s'ouvre sur un solide gaillard à la peau bien brune :

« Bonjour, mon propriétaire, entrez ! »

C'est comme ça que les gitans l'appellent ! Jusqu'à aujourd'hui, c'était agréable... Mais le mot n'a plus la même résonance et Albert ne sait plus comment il doit le prendre.

Albert se racle la gorge. Son malaise grandit tandis que son regard extraordinairement bleu devient presque transparent.

« Il fallait absolument que je vous rencontre.
— C'est pour quoi ? »

Ce n'est pas hostile mais sec.

La première fois qu'il avait vu Manolo, c'était pour lui souhaiter la bienvenue sur ses terres. Les deux hommes n'ont pas discuté longtemps, mais ils se sont appréciés tout de suite.

« Je suis désolé, mais je n'ai pu empêcher la municipalité de vous chasser... »

Au fond des orbites, les petits yeux noirs du gitan se sont immobilisés. Albert le sent incrédule.

« Mais ce sont vos terres...
— Oui, mais mes terres sont sur le territoire de la commune et j'ai dû me plier à la décision du conseil. Il faut me croire.
— Je te crois. »
Passant brusquement au tutoiement, le chef des gitans affiche ainsi son entière confiance. Cette spontanéité trouble maître Vergnault au point qu'il ne trouve pas les mots pour expliquer qu'il a dû, en plus, affronter les commérages. Manolo a donc le temps de secouer sa tête aux lourdes boucles noires et, comme s'il avait suivi les sombres pensées de celui qu'il nomme encore « mon propriétaire », il dit :
« Si quelqu'un des miens t'a fait du tort, je le châtie...
— Merci, Manolo, mais il ne s'agit pas de ça. »
Pourtant c'est bien de vols, de chapardages dont il est question à la mairie et à la gendarmerie. Tout le pays accuse les gitans de braconner, de vider les poulaillers et la rivière, de gober les œufs de canes, de piller les nids de merles et de tuer les corbeaux pour jeter des sorts...
Albert n'a pas eu à réfléchir longuement pour faire la part du mensonge et de la médisance.
« Écoute, Manolo, c'est aussi grave pour toi que pour moi... »
Le gitan se redresse, se penche vers Albert qui a décidé de passer aux aveux le plus naturellement du monde :
« Moi aussi, je viens d'un peuple errant. Je suis juif !
— Ah ! bon, s'exclame-t-il avant d'ajouter après un léger silence : c'est pour ça...

— Quoi ?

— Rien, continue. C'est une histoire avec Mama Julia, tu ne peux pas comprendre, mais je t'expliquerai... avant, c'est toi qui parles. »

Albert pense à Alex, à Jean-Pierre, aux Rouleau et il a mal au cœur. Comment vont-ils prendre ce départ ? Vont-ils le croire responsable ? Pourtant, il est impossible de continuer à entretenir cette haine galopante.

« Je suis juif et parfois c'est bien pris, mais parfois c'est mal pris. Tout dépend des jours et de l'humeur des autres. Tu sais, Manolo, les gens n'aiment pas qu'on soit différent d'eux... Tu l'as remarqué ? »

Une étrange chaleur feutre la voix d'Albert qui n'a plus rien à voir avec maître Vergnault, avocat à la Cour de Paris. Sans attendre la réponse du gitan, il poursuit :

« Je sais bien qu'il leur arrive de m'en vouloir. C'est un peu normal aussi..., je viens en Touraine pour acheter des terres, un château, une ferme... Ils ne m'ont jamais vu. Ils ne me connaissent pas... »

Manolo hoche la tête en un mouvement régulier, on le dirait balancé par une musique intérieure.

« Je ne peux pas leur demander de m'aimer tout de suite. Il faut que je fasse mes preuves. Il faut que je les apprivoise... moi aussi. »

Cette fois, Albert élève le ton. Il a besoin de convaincre le chef des gitans :

« J'ai vu le brigadier Marchand, hier, il m'a dit que ça devenait insupportable. Tout le village se plaignait de moi.

— De toi ?

— Oui de moi et pourquoi ? Parce que j'accueillais des romanos chez moi ! »

Manolo se secoue plus fort. Albert s'interrompt un instant pour l'examiner. Ils doivent avoir le même âge tous les deux. L'un est brun, l'autre blond, mais peut-être viennent-ils du même coin lointain d'Europe centrale. Il y a tellement de théories là-dessus. Aucune importance. C'est cette condamnation à l'errance qui les unit. L'un a réussi à s'en libérer. L'autre y est encore attaché. Mais au fond, tout au fond, ils ont le même destin.

« C'est aussi terrible pour moi que pour vous..., murmure Albert.

— Pour nous ? s'étonne Manolo.

— Ben... votre départ. Votre éternelle fuite... »

Manolo hausse les épaules et dit avec fatalisme :

« Mais c'est notre vie ! »

Puis il observe longuement cet homme chaleureux que l'embarras finit par rendre pitoyable. Et c'est lui, le gitan, qui soudain a envie de se faire pardonner. Sans un mot, il se lève, disparaît derrière sa tenture, revient avec un petit cadeau. C'est une pierre noire. Un porte-bonheur.

« Il ne faut pas que tu aies le village sur le dos à cause de nous. Je comprends, mon propriétaire... Je comprends même ce que tu ne dis pas... Tiens, prends ça... Tu as été gentil avec nous et mes frères te feront des prières. »

Le visage brun se fend d'un large sourire blanc. Les minuscules yeux noirs deviennent encore plus pétillants. Pour lui, se faire chasser, c'est la routine et c'est rare que les gens se comportent comme Albert. Un sincère élan d'amitié le submerge.

Tandis que M. Vergnault contemple son caillou, le faisant rouler dans le creux de sa main, Manolo ajoute :

« Cela se sent que nous sommes frères... »

Albert sursaute. C'est à son tour d'étudier le chef de la tribu. Jamais il n'a été aussi proche d'un inconnu. Libéré, Albert sort une enveloppe de sa poche :

« Tu ne crois pas si bien dire... Prends ça... »

Manolo secoue la tête :

« Je ne veux pas de ton argent, frère !

— Pour moi, c'est un porte-bonheur au même titre que... ce que tu viens de me donner. »

Puisqu'il est question d'un échange de présents, le gitan accepte. L'honneur est sauf. Albert respire mieux. Il avait tellement peur de le vexer... Un long silence s'intalle à nouveau.

A part le chant des oiseaux, il n'y a aucun bruit dehors. Les gitans sont anormalement calmes. Se doutent-ils que les deux hommes se comprennent si bien ?

Encore une fois la réaction de Manolo le surprend. Il brandit l'enveloppe blanche en disant :

« C'est la garantie de ton bon cœur... Je dirai aux miens que tu es venu m'apporter ce cadeau...

— Je te remercie, Manolo. C'est un grand service que tu me rends, dit-il au bout d'un long moment. J'espère que tu reviendras l'année prochaine et que je pourrais...

— Laisse... laisse... laisse les nomades à la route, c'est mieux. Mais, de toute façon, on passera vous saluer, mon propriétaire ! »

Ils se sont levés, se sont serré la main. Puis Manolo l'a raccompagné jusqu'à la limite du camp, montrant bien à sa troupe qu'il rendait les honneurs à M. Vergnault.

C'est au moment de se séparer que, n'y tenant plus, Albert demande :

« Qui est Mama Julia ? »

Le grand sourire au blanc éclatant illumine à nouveau le visage brun :

« C'est la Mère. Elle sait l'avenir ! C'est elle qui m'a parlé de toi il y a trois jours à peine... »

Albert aimerait bien en savoir davantage, mais, ne pouvant se défendre d'une vague et persistante inquiétude, il renonce au dernier instant. Comme pour échapper à toutes tentations, il salue précipitamment le chef des gitans, puis s'enfonce dans la forêt.

19

ALEXANDRA sent bien qu'il y a un malaise. Depuis le départ de ses grands-parents, sa mère est tendue, continuellement sur les nerfs, ne cessant de la surcharger d'occupations et d'obligations.

La manœuvre est claire. Elle l'empêche de voir Jean-Pierre.

Mais Alex a plus d'un tour dans son sac. Prétextant une lettre à écrire, elle monte dans sa chambre et, comme d'habitude, file à l'anglaise au bout d'un quart d'heure.

Par chance, Annie s'est enfin calmée. Elle est allongée sur une chaise longue sous le gros marronnier. Absorbée par sa lecture, elle ne se doute de rien. Quant à son père, il n'a pas réapparu de tout l'après-midi.

Souple et attentive, elle passe par-derrière, déjoue la surveillance de Marguerite, dont elle commence à se méfier, puis prend le chemin de la ferme. Ce chemin qu'elle aime tant !

L'orage de la nuit a reverdi la campagne. Il était temps ! Mais ce n'est pas suffisant. Il faudrait une pluie qui mouille, comme dirait le père Rouleau, une pluie qui entre profond dans la terre... Tout est si sec ! Pour une fois que l'été est à sa place, personne n'oserait s'en plaindre. Pourtant les paysans aimeraient un peu d'eau. Alexandra a déjà l'œil d'une petite paysanne pour regarder l'herbe et la fougère. Jaunes, trop jaunes... Ça sent le mois d'août et la fin des vacances aussi. Elle ne peut réprimer un léger frisson en pensant qu'il ne lui reste plus qu'un mois. Déjà, elle a entendu sa mère parler de retour, de nouvelles initiatives pour la rentrée. Pour la première fois, Alexandra n'a pas envie de revenir à Paris. Comme si sa vraie vie avait commencé en Touraine et qu'elle ne pouvait plus s'en détacher. Elle hâte le pas, traverse le bois de chênes. Prend la Ricordaine par la rivière. Remonte le sentier de terre. Contourne les étables et, selon la coutume, va se mettre à l'affût derrière le buisson d'aubépines. C'est leur cachette, leur point de rendez-vous. En général, pour signaler sa présence, elle siffle trois fois en imitant le merle.

Mais des bruits de voix l'alertent. Elle risque un œil à travers l'entrelacs de branches et de feuilles. Plongeant directement sur la cour arrière de la ferme, elle voit son père de dos, en face de lui, les Rouleau. Tous les trois attablés sous la glycine et la vigne en tonnelle. Le soleil de six heures du soir frappe de biais, faisant des taches sur la nappe blanche.

C'est là qu'ils ont cassé la croûte, l'autre matin, après la mort du cochon. C'est le plus beau coin de la ferme. Sur l'instant, elle trouve normal de les trouver installés là. Pourtant, d'infimes détails l'avertissent que ce n'est pas une discussion agréable, même s'il y a le pichet de vin et trois verres.

Son père, qu'elle voit de dos, se tient raide, et le père Rouleau ne cesse d'ajuster son béret.

Elle se tasse pour mieux écouter. Après un léger silence, c'est Odile qui reprend avec une drôle de voix :

« Moi, j'ai jamais eu de problèmes avec eux. Ils nous ont toujours respectés.

— Je sais, je sais ! mais nous ne pouvions nous mettre le village à dos... »

Elle ne peut voir le visage de son père. En revanche, la physionomie des Rouleau ne lui échappe pas. Ils ont l'air tout chagrin. René envoie un petit coup de pouce à son béret qui recule un peu sur son crâne :

« De toute façon, c'est chaque fois pareil, ces gitans sont accusés de tous les maux de la création ! Nous c'est rien, mais c'est les enfants qui vont mal prendre leur départ...

— Ma foi, c'est vrai, » approuve Odile d'une drôle de voix.

Alexandra se mord la lèvre inférieure. Une brutale montée de chaleur rosit ses joues. Sur le moment, elle n'est pas certaine d'avoir bien compris. Mais, rapidement, elle doit se rendre à l'évidence. Albert explique, raconte son entrevue avec Manolo... Il n'y a, bientôt, plus de doute. Les larmes aux yeux, le cœur en déroute, elle croit comprendre que son père vient de chasser les gitans. Leurs amis !

C'est une trahison.

Le choc la rend un long moment stupide. Elle se répète : « Non, c'est pas vrai, c'est pas vrai, impossible, papa n'a jamais manqué à sa parole », mais cela ne change rien. Plus les Rouleau et son père discutent, plus elle a l'impression qu'il s'agit d'un complot. Et horreur... que son père en est l'instigateur.

Il aurait pu l'avertir... Pourquoi ne pas l'avoir mise au courant ? Pourquoi prévenir les Rouleau en premier ?

« Vous seriez gentils de ne pas en parler à Alex, continue Albert avec cette précipitation qui dénote chez lui un trouble profond, surtout qu'avec le départ de Jean-Pierre...

— Ah! oui, au fait, enchaîne le père Rouleau visiblement pressé d'en terminer, son oncle vient le chercher après-demain...

— Vous le lui avez annoncé ?

— Ça ne va pas être facile », soupire Odile.

En un geste amical, Albert lui tapote la main :

« S'il le prend trop mal, il faut renoncer à ce projet. Je ne veux pas que Jean-Pierre soit malheureux, surtout pas à cause de nous...

— Oh! dame, il le sera, il le sera forcément, murmure Odile, mais on ne peut pas laisser galoper ces deux enfants pendant des journées entières. »

René boit un coup, ramène son béret sur le devant de son crâne :

« Faut rien exagérer ! A leur âge, on aime la liberté !

— Vous aussi vous êtes contre ce projet ? demande Albert.

— Ouais », affirme le père Rouleau en entreprenant de rouler une cigarette.

Albert se tait un instant, fixant les doigts qui émiettent le tabac dans la feuille transparente, puis il reprend :

« Je trouve également que c'est ridicule, mais il faut faire confiance à nos épouses. Elles savent mieux que nous ce qui nuit ou profite à nos enfants.

— Il faut les séparer », insiste Odile avec un entêtement qui ne lui ressemble guère.

Le père Rouleau lui lance un œil mauvais, puis il passe la feuille sur sa langue, fait rouler la cigarette sur ses lèvres, d'une commissure à l'autre.

« Annie est de votre avis. Moi, je suis certain qu'il y a un risque. Le risque qu'ils s'attachent davantage l'un à l'autre puisqu'on leur aura défendu de se voir. »

Odile baisse la tête. Elle a retourné tant de fois ce problème qu'il lui semble ne plus rien pouvoir en sortir.

Albert hausse les épaules. René allume sa cigarette, fixe son regard au loin... tout là-bas, vers les peupliers, ces grands écorchés qu'il aime tant. Il soupire :

« Je vous trouve trop compliqués, tous... excusez-moi, monsieur Vergnault, mais j'ai besoin de dire ce que je pense, ça ne porte pas à mal, vous savez. Je ne me permettrais pas de juger vos décisions. Mais vraiment... »

Il hoche la tête, repousse son béret d'un coup de pouce :

« ... Je préfère la nature, elle au moins, elle ne cherche pas midi à quatorze heures. Elle ne prévoit pas, elle pousse et quand elle a fini de pousser, elle crève. Elle suit sa loi sans se demander ce qu'on va en penser, nous, les hommes. J'ai confiance en la nature, moi. C'est fou ce que j'ai confiance en elle. Et ces deux gamins... »

Il s'interrompt soudain, dépassé par ce qu'il a à dire, surpris et décontenancé par sa franchise un peu brutale.

« Continuez, je vous prie, continuez... »

René cherche à résumer le fond de sa pensée, et il prend son regard droit, sa voix solide pour dire :

« On commande, on organise, on prévoit, on gouverne et parce qu'on fait tout ça, on se croit les maîtres. Parfois, je trouve qu'on a tort, monsieur Vergnault, tort de se croire si fort... parce que la vie... eh bien, la vie, ça ne se contient pas si facilement. Elle déborde toujours, un jour ou l'autre. Ils ont envie de courir par les bois, ils ont envie de vivre à leur guise. Pourquoi les en empêcher ?

— Je vois où vous voulez en venir, mais en l'occurrence il s'agit de faire confiance à nos femmes. Si elles se sont trompées, nous serons à même de réviser nos positions et de faire revenir Jean-Pierre plus tôt que prévu.

— Bien sûr, bien sûr, approuve le père Rouleau, il n'y a que les imbéciles pour dire qu'ils ne se trompent jamais. »

Il sourit. Sous le béret il n'y plus de trace de tempête. Le visage a retouvé son impassibilité :

« Puis... ça ne lui fera pas de mal à Jean-Pierre d'aller chez son oncle. Faut qu'il voie du monde. Il ne peut pas rester dans les jupons de sa mère. »

Odile rougit. Elle voudrait bien riposter, mais elle sait que c'est peine perdue. Les hommes ne comprennent rien à l'instinct maternel.

Alexandra suffoque. La nouvelle l'étouffe.

Envoyer Jean-Pierre chez son oncle. Elle n'a rien

compris d'autre. C'est tout ce qu'elle a retenu. On va les séparer. On veut les séparer.

Jean-Pierre va partir, comme sont partis les gitans.

Là-bas, autour de la table, ils discutent toujours, mais elle n'entend plus rien. Sourde, aveugle, muette, elle se contente de trembler de tout son corps, les poings serrés, le regard fixe.

Trahie, trahie deux fois !

L'impuissance laisse la place à l'égarement. Puis c'est la colère qui vient. Une colère impitoyable, qui la secoue avec la violence d'un tremblement de terre. Un gouffre la sépare, à ce moment-là, de ses parents et même des Rouleau. C'est aux adultes qu'elle en veut, aux adultes qui sont incapables de tenir leurs paroles, qui sont incapables de connaître le cœur des enfants.

20

ALEXANDRA court, à en perdre haleine, jusqu'au campement des bohémiens. Ce n'est pas vrai, elle va les retrouver... Elle ne peut y croire. Elle a mal entendu !

Hélas ! une fois sur place, elle doit se rendre à l'évidence. Les roulottes ont disparu. Un tas de cendres, une corde à linge accrochée entre deux bouleaux, un ballon crevé, une sandale, la petite cabane de bois construite par les enfants et rien... rien que du vide. Rien que la marque des roues sur le sol, l'herbe couchée et jaunie à certains endroits. Rien que le souvenir des guitares et des mains qui battaient la mesure.

Essoufflée, elle s'arrête, se plante au milieu du camp déserté. Prenant au plus court, elle n'a évité aucun taillis, aucune flaque d'eau que l'orage de la veille a laissée dans la forêt. Son tee-shirt rouge est déchiré à l'épaule. Son pantalon blanc est souillé. Elle a même de la boue sur les joues.

Non, ce n'est pas possible, ils ne sont pas partis si vite... Elle les revoit encore, assis par terre. Le feu.

Les pommes de terre à la cendre. Le chant des hommes. La danse des jeunes filles. Les pieds nus qui marquaient le tempo. Le rire des gamins noirauds. Les farces. Les tours de cartes. Les représentations de leur étrange spectacle avec la chèvre savante, le singe et les chiens. Mama Julia au fond de son temple...

Alexandra secoue la tête. Si, au moins, on lui avait permis de leur dire adieu !

Le soleil descend irrésistiblement vers l'ouest, enflammant une dernière fois la clairière. La franche tiédeur du crépuscule s'annonce. C'est l'heure où les oiseaux reprennent leurs stridents bavardages. L'odeur de la terre mêlée au parfum de fleurs inconnues monte jusqu'au ciel rougissant.

Debout, les poings serrés, un sentiment de rage, d'impuissance, la saisit. Pourquoi sont-ils partis si vite ? Encore une fois, c'est le même sentiment de trahison qui revient.

Il faut avertir Jean-Pierre. C'est impérieux.

Il est encore temps. Son oncle ne viendra le chercher qu'après-demain.

Elle a brûlé son énergie à le chercher partout. Mais sans Jean-Pierre, elle n'est pas à l'aise dans la nature. Se repérant difficilement, elle a du mal à retrouver leurs lieux favoris. L'approche de la nuit commence à l'inquiéter. Des bruits insolites s'élèvent. Il y a des bruissements dans les feuillages et les fourrés. A chaque envol d'oiseau, elle sursaute, s'immobilise, tend l'oreille, se préparant à affronter un danger.

Il commence à se faire tard et pas un instant elle ne songe que ses parents vont l'attendre. Barbouillée, dépeignée, déguenillée, elle court du carrefour des chênes à la rivière, de la rivière à la ferme, monte sur leur colline, dégringole le champ des Sylves, revient dans la propriété par le bois de la Raffinerie. Régulièrement, elle appelle. Mais rien. Rien que la nuit qui commence à couvrir la terre, à jeter sur la nature un voile uniforme. L'heure bleue.

« Jean-Pierre ! Jean-Pierre, où es-tu ? J'en peux plus... réponds... »

Souffle court, jambes flageolantes, elle avance maintenant en titubant. Ne sachant plus quelle direction prendre, elle marche au hasard, bras ballants, pleurant doucement et lâchant le nom de Jean-Pierre, comme pour se rassurer. Puis, soudain, elle se met à hurler :

« Jean-Pierre ! Jean-Pierre, viens... j'en ai marre..., j'ai peur... »

Silence. Il n'est pas là. Serait-il parti, lui aussi ? La crainte qu'il ait accompagné les bohémiens la traverse, mais est immédiatement balayée par une certitude. Impossible ! La terre entière, le monde et l'univers peuvent manquer à leur parole, pas lui ! C'est un pacte qui les lie. A cette heure douce et nostalgique de la journée, Alexandra ne peut se raccrocher qu'à cette idée.

« Jean-Pierre, mais où te caches-tu ? »

Elle est allée à la ferme, elle est revenue par le parc du château. Que faire à présent ? Vers où se diriger ? Il ne reste que le haras de Saint-Aignan. Impossible de s'y rendre à pied, toute seule. C'est trop loin et le raccourci lui semble bien incertain.

A force de tourner en rond, elle va d'ailleurs finir par se perdre. La fatigue entame son courage. L'angoisse surgit. Le soleil n'est pas encore tout à fait passé de l'autre côté de l'horizon. Il teinte l'ouest d'une dernière traînée de sang.

Alexandra s'affole. Il lui devient tout aussi impossible de continuer à fouiller la propriété que d'abandonner les recherches. Ne pouvant plus supporter d'errer à l'aveuglette, ne pouvant envisager de supporter le poids de la nuit, elle songe à la grotte.

Un refuge.

Par bonheur, et par un miraculeux hasard, elle se souvient du chemin. Mais c'est peut-être l'instinct qui la conduit. Elle ne marche plus, elle vole.

La grotte. Un refuge.

Elle file, souple et brutale à la fois, fonçant dans les ronces, n'évitant les buissons que par réflexe, glissant, se relevant et repartant.

La nuit galope sur ses talons et semble vouloir la rattraper à l'instant où, la devançant de justesse, elle se précipite vers l'ouverture ronde.

Elle se laisse happer. La grotte, son refuge ! Glissant entre les parois, elle débouche enfin dans la salle voûtée et, là, la plus incroyable surprise de sa vie l'attend.

Assis sur une grosse pierre, les coudes sur les genoux, le visage enfoui dans les mains, Jean-Pierre ne l'a pas entendue arriver. Il n'a pas bougé. Elle est comme pétrifiée, saisie par la stupéfaction. C'est pourtant lui qu'elle cherche depuis si longtemps...

Une bougie plantée en terre l'éclaire par en dessous et dessine des ombres mouvantes dans sa longue chevelure blonde. Des soubresauts l'agitent. On dirait qu'il pleure.

Alexandra fait un pas et murmure :

« Jean-Pierre, je suis là ! »

C'est imperceptible. Mais cette voix-là... Il la reconnaît jusque dans ses silences. Il relève brusquement la tête. Ses joues sont mouillées.

Elle se mord la lèvre inférieure, avance doucement, craignant presque d'être victime d'un mirage et de voir le fantôme de Jean-Pierre s'effacer et rejoindre ses peintures rupestres.

Maculée, essoufflée, les vêtements déchirés, les cheveux en bataille, elle ne donne pas une image rassurante. Revenu, lui aussi, de sa surprise, il se redresse, la rejoint, la prend par les mains :

« Alex, qu'est-ce qui se passe ? »

Elle bat des cils. La chaleur de ses mains la réconforte instantanément. Sa présence lui procure une telle joie qu'un instant le reste est complètement oublié. Plus d'anxiété ni de colère, de rage ni de larmes. C'est le bonheur simple, naturel de le savoir là, tout près d'elle, de sentir son souffle, de retrouver son regard, son visage, ses boucles claires.

Mais, lui, a besoin de savoir, a besoin de comprendre pourquoi elle est dans cet état :

« On dirait que tu t'es battue ?

— Presque », fait-elle avec un pâle sourire.

Elle a l'air si douce, si confiante, que le désir de la prendre dans ses bras s'empare de lui. Pour résister, il se détache. Recule de quelques pas et dit d'un ton un peu trop bourru :

« Tu vas t'expliquer, nom d'un chien ! Regarde un

peu comment t'es... Il s'est passé quelque chose, Alex... »

Elle était si heureuse auprès de lui qu'elle en avait presque oublié sa détresse.

« C'est la cata, Jean-Pierre.
— Quoi ? »

Brusquement, elle a besoin de s'asseoir. Ses jambes ne la portent plus. Tout en se posant délicatement à côté de la bougie, elle répète :

« La catastrophe... tu ne peux pas imaginer. Incroyable... »

Installée en tailleur, les coudes sur les cuisses, le visage pointu dans les mains, la petite fossette du menton creusée par le trouble, elle le fixe. Il revient à sa grosse pierre, prenant place à ses côtés. Il attend un moment, puis, comme elle ne se décide pas à poursuivre, il soupire :

« Alors, tu es au courant.
— Tu le savais, s'écrie-t-elle avec indignation.
— Je l'ai appris tout à l'heure.
— Ah ! bon. »

Ils se regardent en silence. Que rajouter d'ailleurs ? Certaines mauvaises nouvelles ont un goût âcre.

Pâle, pratiquement exsangue, des cernes sous les yeux, Jean-Pierre hoche la tête. Il voudrait bien se montrer plus fort, plus courageux. Mais c'est difficile. A l'ordinaire les hommes ne pleurent pas, mais lui, ce soir, il s'est réfugié dans sa grotte pour pleurer. Il n'a pas essayé de le dissimuler..., surtout pas à Alexandra. Est-ce qu'on peut cacher quelque chose à quelqu'un que l'on aime ?

« Je ne pige pas, dit-il pour rompre le silence, pour obliger Alexandra à parler...

— Moi non plus. Dire que j'avais prévu de les voir demain...

— Les voir ??? »

Un étonnement parfait se lit sur les traits de Jean-Pierre.

« Ben, les gitans !

— Qu'est-ce que tu racontes ? demande-t-il en tendant le cou.

— Mais la cata, Jean-Pierre, c'est le départ des gitans ! Je crois que c'est papa qui...

— Quoi ?... C'est pas vrai... »

Il a bondi. Maintenant, il se tient droit, les poings serrés. Les couleurs sont revenues sur ses joues.

Alexandra ne comprend pas ce qu'il lui arrive :

« Tu m'as dit que tu le savais...

— Ah ! non, c'est trop... trop fort ! »

Il éclate d'un drôle de rire sec et ajoute :

« Moi, c'est d'une autre tuile que je parlais...

— Ah ! oui, ton séjour chez ton oncle, reprend-elle très vite, mais ça, j'en fais mon affaire. Je remuerai ciel et terre, je ferai la grève de la faim... n'importe quoi pour les décider. De toute manière, il suffit que j'arrive à convaincre papa. Non, ça, crois-moi, ils n'arriveront pas à nous séparer comme...

— Mais..., mais... »

Il n'a plus de voix, le Jean-Pierre. Positivement ahuri, il la regarde, se demandant si elle ne devient pas dingue.

« Mon séjour chez mon oncle, mais quel oncle ? Quel séjour ? C'est à devenir dingue ! »

Comprenant encore moins, Alexandra reste là, bouche ouverte et yeux ronds.

« Mais enfin, Jean-Pierre, de quelle catastrophe parlais-tu tout à l'heure ? »

Alexandra se tait, brusquement envahie par l'ampleur du malentendu. Puis elle secoue la tête et lâche dans un souffle :

« Mais, Jean-Pierre, il y en a une troisième...

— C'est pas vrai, c'est pas vrai !

— Trois mauvaises nouvelles... Remarque, jamais deux sans trois, j'aurais dû m'en douter ! Les gitans nous portaient bonheur. Maintenant, on va avoir la poisse.

— Tu crois qu'ils ont lancé une malédiction ? »

Alexandra hausse les épaules. Maintenant qu'elle est avec Jean-Pierre, elle est prête à tout, à tout affronter :

« C'est quoi... ta cata à toi ? »

Il s'accroupit devant elle, lui prend les mains, les serre très fort :

« Galéa va être vendue », dit-il d'une voix éteinte, presque morte.

Elle ne peut réprimer un haut-le-corps :

« Galéa !

— C'est même pas M. Raymond qui me l'a annoncé... c'est le père Jules. C'est un acheteur de Paris qui était là à la course et qui... »

Les mots s'étranglent.

« Mais ce n'est pas juste. Pas juste !

— C'était pas la peine de gagner...

— Pour avoir cette récompense, c'est sûr !

— Jean-Pierre, c'est affreux... qu'est-ce qui nous arrive ? »

Devant l'affolement et la colère d'Alexandra, Jean-Pierre parvient à retrouver ses esprits. Entrant enfin dans son rôle d'homme, il tente de la consoler. Plus il la console, plus son assurance lui revient et plus il revient à sa première décision. Il attend qu'elle soit un peu calmée pour lui murmurer :

« Alex, je t'en supplie, calme-toi, il faut être forte, parce que tu vois... »

Elle le contemple, les yeux rougis et brillants.

« Tu vois, je ne peux plus vivre ici.

— Jean-Pierre ! »

Il se redresse. Fait quelques pas. Vu d'ici, il a l'air plus grand que d'habitude dans son jean et sa chemise bouffante.

« Ne m'en veux pas, Alex, mais, déjà, je ne pouvais pas supporter l'idée qu'on vende Galéa à un étranger...

— Moi non plus, je ne supporte pas.

— J'avais déjà décidé de foutre le camp... »

Après la peine, c'est la colère. Jean-Pierre déborde :

« Si les vieux s'imaginent que je vais accepter leurs trucs, ben y se gourrent... Non mais, on veut m'envoyer chez mon oncle, comme si j'étais un gamin... et quoi encore ! Faut peut-être les remercier. Et les bohémiens ? Ah ! non, trop, c'est trop ! »

Il tourne un moment dans la grotte. Rageur, il écume. Shoote dans un caillou à sa portée. Cogne mécaniquement du poing dans sa paume. Puis, lorsqu'il n'en peut plus, vient se planter devant Alexandra :

« Trop c'est trop, moi, je pars en Amérique. »

Il sort de sa poche l'enveloppe blanche remise par Albert Vergnault, le soir de la fête.

« J'ai tout prévu. Regarde, j'ai le fric. Coup de bol, on n'a pas eu le temps de le mettre à la caisse d'Épargne...

— En Amérique », répète Alexandra, stupéfaite.
Il se saisit de ses mains :
« Je t'en supplie, comprends-moi, je...
— Non, Jean-Pierre, tais-toi. J'ai tout compris. D'ailleurs... je viens avec toi en Amérique. »
Vite, très vite, elle lui plaque un petit baiser sur les lèvres.

21

MARGUERITE se réveille en sursaut.

Instinctivement, sa main tâtonne pour trouver la poire marron qui pend au-dessus de sa tête. En même temps que la lumière jaillit, elle prend conscience de l'odeur âcre qui traîne dans la chambre.

De l'odeur et de la fumée.

Il y a le feu quelque part.

Immédiatement elle est debout.

Par réflexe, elle enfile sa liseuse que, la veille, elle a soigneusement posée au pied de son lit, juste avant d'éteindre et de s'endormir, puis elle court à la croisée.

L'été, Marguerite dort la fenêtre ouverte et les volets en croix. Elle aime être réveillée par le chant des oiseaux et les premières caresses du soleil. Il lui suffit d'un simple mouvement pour que sa tête, coiffée d'une charlotte en dentelle, émerge.

Elle se penche et voit, avec horreur, d'énormes volutes sombres s'écraser sur le pignon de la maison. Dans un réflexe de panique elle hurle :

« Au secours..., au feu... »

Puis elle se met à courir.

Tout en dévalant les escaliers, elle se demande ce qui est en train de brûler. Au rez-de-chaussée, tout est calme. Juste l'odeur de fumée qui persiste. Elle ouvre précipitamment la porte et se retrouve dans le jardinet de la petite maison de gardien qu'elle occupe, à l'entrée de la propriété du Noyer.

Est-ce que le château serait en flammes ?

Mais non. Heureusement !

Sa masse noire se profile sur le ciel scintillant. A ce moment, un tourbillon de fumée noire l'enveloppe, et Marguerite s'abîme dans une quinte de toux.

Les yeux larmoyants, presque aveugle, elle court droit devant. Lorsqu'elle se dégage de l'écran que fait la maison, elle est comme soufflée par une vague de chaleur venant de la droite.

Elle pivote machinalement et se trouve en face d'un spectacle ahurissant. Elle reste là, médusée, fascinée.

Dieu, que c'est beau !

Elle n'y peut rien, la pauvre Marguerite. Devant les flammes et la fumée qui jaillissent par l'entrée des écuries dont les portes ont volé en éclats, c'est le premier sentiment qu'elle a éprouvé.

Jamais elle n'a rien vu d'aussi beau.

Une explosion sourde la fait sursauter. Une boule phosphorescente jaillit dans sa direction avant d'éclater en millions de minuscules étincelles. L'odeur et la vague de chaleur qui accompagnent ce feu d'artifice l'arrachent à sa fascination.

Brusquement le danger remplace la beauté.

Marguerite fait demi-tour en hurlant :

« Au secours..., au feu..., au secours ! les écuries flambent... »

Elle court en direction du château. Avale le perron, mais se heurte à la porte. C'est toujours comme ça quand Monsieur est à Paris, Madame s'enferme ! Heureusement, elle peut entrer par celle de la cuisine qu'elle a pris l'habitude de laisser ouverte. Il n'y a pas de voleurs ici, quoi qu'on en dise.

Sa main se porte, machinalement, à l'emplacement exact de l'interrupteur. En quelques enjambées précipitées, elle est dans le hall et crie, en même temps qu'elle fait jaillir la lumière :

« Madame..., Madame..., au secours, y a le feu aux écuries. Madame... Vite, Madame, faut prévenir les pompiers, Madame... »

Elle grimpe trois ou quatre marches mais n'ose pas aller plus loin. A nouveau, elle hurle « au feu, à l'incendie, aux écuries ».

Sa voix est de plus en plus aiguë.

Enfin, là-haut on bouge.

Madame ou Mademoiselle ?

Madame. Normal, à l'âge d'Alexandra on a le sommeil plus lourd. Plus tranquille. Elle apparaît dans un déshabillé couleur champagne. Vu d'en bas, ça évoque automatiquement les défilés de mannequins comme on en voit à la télé. Encore une fois, Marguerite est dépassée par sa spontanéité.

Quel chic !...

Quant à Annie, elle aussi est dépassée. Au milieu de ce drame, sa première réaction est d'être étonnée par Marguerite qui l'accueille dans son immense chemise de nuit en coton blanc rehaussée d'une liseuse en angora rose, le tout surmonté d'une charlotte en dentelle.

« C'est les écuries qui brûlent, Madame... Si vous voyiez..., des flammes comme le hall, Madame... Il faut vite prévenir les gendarmes, Madame...

— Mon Dieu... les écuries... Comment se fait-il ?

— Est-ce que je sais, Madame... Sans doute la paille, il fait si sec... On n'aurait peut-être pas dû... »

Mais Annie ne l'écoute plus. Elle est déjà au bas des escaliers et vole jusque dans le salon. Heureusement, le numéro de la gendarmerie est inscrit sur le cadran.

Annie s'énerve. Piétine.

« Mais bon sang ! que font-ils... Ils dorment, ce n'est pas possible... »

Marguerite s'est laissée tomber dans un fauteuil. Celui qu'elle préfère justement. Un crapaud en velours rose dont les rondeurs évoquent chez elle le confort. En d'autres circonstances, elle n'oserait pas. Mais là... elle peut se permettre. Sans elle, eh bien, les écuries... on n'en aurait plus parlé. Tout juste un tas de cendres et de vieux souvenirs.

Et qui sait... peut-être du château aussi il n'en serait pas resté grand-chose...

« Allô... allô... la gendarmerie de La Chartre ? » Annie est livide.

« Allô... allô... Mais ne coupez pas ! Ici c'est Mme Vergnault du château du Noyer... Oui, c'est ça... Nos écuries sont en feu... Oui... en feu... la proie des flammes si vous préférez... Comment ??? »

Elle tourne sur elle-même. S'entortille le fil autour des chevilles.

« Mais comment voulez-vous que je le sache...

Moi aussi je me réveille... Bon, d'accord, à tout de suite ! »

Elle se retourne et, tout en essayant de dégager ses chevilles, cherche Marguerite. Ne paraît pas surprise de la trouver installée dans le crapaud rose.

Ni non plus de la voir se dresser comme si elle venait de lui donner l'ordre de se lever.

« Ils préviennent le capitaine des pompiers au village. Et puis aussi la caserne de La Chartre... »

Elle passe une main moite sur son front, qui ne l'est pas moins, et souffle :

« Ouf !... quelle histoire... En attendant leurs arrivées, allons prévenir M. Rouleau, peut-être qu'il pourra déjà faire quelque chose... Oh ! Dieu... quelle catastrophe, les écuries...

— Pensez... un monument historique, Madame... du XVIIIe siècle ! Mais j'y songe, Madame, peut-être qu'il faudrait prévenir Monsieur !

— Pas tout de suite... inutile d'affoler mon mari avant que l'on sache exactement... »

De toute façon, Annie a fait demi-tour et file vers sa chambre pour enfiler un jean, une chemise et une paire de bottes.

Elle ne va tout de même pas accueillir les pompiers, les gendarmes et les Rouleau dans cette tenue.

22

Trois minutes, pas plus.

C'est à peu près le temps qu'il faut à Fernand le charron, celui qui habite la rue Haute et fait office de capitaine des pompiers, pour être réveillé par la gendarmerie de La Chartre, sauter dans ses vêtements, courir à la mairie et actionner la sirène d'alarme.

Deux longues, une brève. Deux longues, une brève.

Deux minutes plus tard, le Berliet citerne flambant neuf, que la municipalité vient enfin d'acheter, ramasse Toinon et Lataloche. Tous deux adjoints au capitaine des pompiers et, respectivement, vigneron et artisan maçon.

Quand le Berliet rouge pointe son museau chromé, ils sont déjà sur la place. Faut dire qu'ils habitent à deux pas, rue Grande, et qu'ils partagent la même maison puisqu'ils ont épousé les deux filles d'une tante à Fernand.

Ils sont là, le cheveu ébouriffé, l'œil vague, à ajuster leur tenue. Par le signal, ils savent évidemment qu'il s'agit d'un incendie.

« Où que ça se passe ?

— Au château du Noyer », répond Fernand, les dents serrées et démarrant sec.

Toinon perd l'équilibre et se retrouve pratiquement assis sur les genoux de Lataloche.

« Faut toujours qu'il prenne ma place, celui-là ! Il m'a déjà fait le coup avec les filles Clarton... L'a justement fallu qu'il choisisse celle que je voulais ! Mais cette fois, mon vieux, j'étais là avant toi.

— C'est bien le moment de ramener de vieilles histoires quand le château est en feu... Mais dis donc, Fernuche, t'as pas peur d'être un peu courtaud même avec la motopompe que t'as accrochée au Berliet ? »

Toinon s'est enfin installé à côté du chauffeur.

« D'abord, on sera pas seuls, répond Fernand, puis ensuite c'est pas le château. Ce sont les écuries d'après ce que m'a dit la brigade de La Chartre.

— Ah ! bon, y sont prévenus. »

Mais une exclamation de Lataloche interrompt Fernand au moment où il allait répondre.

« Merde !... C'est peut-être que les écuries, mais ça y va... Regardez-moi un peu ça... »

De l'autre côté de la masse sombre des arbres, le ciel est embrasé.

« N'ont pas intérêt à traîner, les autres », marmonne Toinon.

Encore quelques virages, et le Berliet, toute sirène dehors, pénètre dans la cour d'honneur. A peine a-t-il stoppé que les trois pompiers sont dehors, immédiatement rejoints par le père Rouleau.

« Crois-tu qu'on puisse brancher la motopompe ? lui demande aussitôt Fernand.

— Le puits est à cinquante pas d'ici... Ça va ?

— J'en demandais pas tant... Faudrait dérouler ces tuyaux supplémentaires, là... »

Le père Rouleau se contente de hocher la tête. Il est en sueur. L'air surchauffé devient irrespirable. Dès qu'il s'est éloigné du camion avec son lourd serpentin, les femmes viennent le rejoindre et l'aident à le dérouler. Contrairement à ce qu'on pourrait croire, ce n'est pas Annie Vergnault la plus empruntée. Lorsqu'il s'agit de laisser descendre le tuyau dans le puits, c'est presque naturellement qu'elle retrouve Odile à ses côtés. Quant au père Rouleau, il est allé aider le capitaine qui s'affaire déjà autour de la motopompe. Ils vont en avoir besoin de celle-là, jamais Toinon et Lataloche ne maîtriseront l'incendie avec la citerne...

Ils font pourtant ce qu'ils peuvent avec leur énorme lance braquée sur l'entrée, mais le feu a atteint un tel degré à l'intérieur qu'il ne recule pas. Surtout depuis que les flammes se sont frayé un passage par le toit. Il y a appel d'air. C'est comme un vent de tempête qui soufflerait sur des braises ! Il devient de plus en plus urgent que la motopompe intervienne. Tout le monde devine qu'il vaudrait mieux que les renforts ne traînent pas trop non plus.

Du côté du puits, Odile et Annie laissent filer doucement le tuyau aplati en prêtant l'oreille. Quand le plouf tant attendu résonne, elles crient en même temps :

« Ça y est... l'eau ! »

Le vrombissement de la motopompe démarrant leur répond. Immédiatement, le capitaine et le père

Rouleau, munis de la lance, se sont avancés. Marguerite, bras ballants, souffle bloqué, attend. Un serpent blanc décrit une courbe dans le ciel avant de s'abattre, bruyamment, sur le toit. En quelques secondes, les flammes se tassent de ce côté-là, ce qui permet aux duettistes Toinon et Lataloche de s'approcher.

Côte à côte, Odile et Annie regardent le spectacle, fascinées. Pourtant, la mère Rouleau ne peut s'empêcher de dire, comme se parlant à elle-même :

« Je ne comprends pas comment ce petit peut continuer à dormir avec tout ce tintamarre... »

A ces mots, Annie n'a même pas sursauté. Comme s'il s'agissait d'une conversation, elle ajoute sur le même ton :

« Passe pour Jean-Pierre, qui est loin tout de même ! Mais Alexandra... Ces enfants m'inquiètent de plus en plus, chère madame Rouleau... Il est grand temps que tout cela finisse. Voyez ce soir, Alexandra est rentrée à des heures impossibles... Jean-Pierre aussi, j'imagine...

— Ben dame...

— Allez donc savoir où ils sont allés traîner... et ce qu'ils ont fait...

— Ben dame... Mais Dieu, c'est pas une raison pour ne pas se réveiller quand on vient crier au feu sous nos fenêtres... D'ici à ce qu'il soit malade ? Si vous aviez vu sa tête quand il est rentré ! Jamais je n'ai vu mon gamin aussi pâle et aussi nerveux. Pensez, il a refusé de manger.

— Moi, c'est pareil, je n'ai pas pu lui adresser la parole... Le moindre mot l'enflammait... si j'ose dire. Je ne sais pas si c'est l'âge, mais quelle tête de mule ! Si vous aviez vu l'air buté qu'elle affichait... Elle m'a mis dans un état de nerfs... si elle n'était pas montée dans sa chambre, je crois bien que je n'aurais pu m'empêcher de la gifler...

— L'eau... l'eau...

— Quelle eau ? demande Odile qui, visiblement, n'écoutait pas.

— Ben, l'eau de...

— L'eau... l'eau », hurle le père Rouleau en sprintant dans leur direction.

Affolées, elles regardent autour d'elles. Tout paraît normal. Marguerite les considère de ses yeux ronds. Elles sont toujours appuyées à la margelle du puits. L'incendie est encore à sa place, tenant tête aux hommes, et le tuyau court toujours vers la motopompe.

« Mais bon dieu, que se passe-t-il ? » dit le père Rouleau, essoufflé et le visage luisant.

Il se penche sur le puits et crie :

« Bon sang ! Odile, va donc me chercher une pierre plutôt que de rester comme ça ! »

Odile part en courant, précédée par Marguerite qui a détalé comme un gamin pris en faute.

« Mais enfin que se passe-t-il ? » demande Annie d'un ton pointu.

Le père Rouleau tourne vers elle une face noircie et catastrophée :

« Ben... vous n'avez pas vu le tuyau ? »

C'est le moment que choisissent Odile et Marguerite pour poser sur la margelle leur moisson de pierres. Car évidemment elles en ont apporté trois ou quatre chacune.

Le père Rouleau jette la première et tend une oreille inquiète. Plaf. Une autre encore... plaf.

« Mais c'est vrai, le tuyau est tout plat, s'écrie Mme Vergnault.

— Plus d'eau, lâche en même temps René d'une voix catastrophée. Avec cette sécheresse, c'est bien ce que je craignais... Espérons que les autres ne vont pas tarder... C'est bien notre veine... »

Puis il se tourne vers Mme Vergnault et lui demande :

« Sans vouloir vous commander, madame, peut-être qu'il faudrait rappeler la gendarmerie.

— Sans doute... sans doute... J'y cours... »

Alors qu'elle file en direction du château, Odile s'est approchée de son mari.

« Dis, René..., tu n'es pas étonné que le petit ne soit pas là... »

Le père Rouleau ouvre la bouche, visiblement dépassé par les propos de sa femme. Après un silence trahissant sa stupéfaction, il parvient à dire :

« Mais... mais... tu ne crois pas qu'il y a des choses plus graves et plus urgentes ? Si nous n'arrêtons pas ce truc, il est capable de bousiller une partie de la forêt, et tu me parles de Jean-Pierre... »

Il hausse les épaules et lui tourne le dos. Voûté, accablé, il va porter la mauvaise nouvelle.

C'est alors qu'au loin le renfort se fait entendre.

Le père Rouleau s'immobilise, lève les yeux au ciel, retire son béret, comme s'il entrait dans une église, et murmure :

« Merci... »

23

ANNIE tourne la tête en direction de la fenêtre. Fronce les sourcils. Sa main glisse sur le combiné. L'abandonne. Pas de doute, ce sont les sirènes et les avertisseurs qu'elle entend là. Inutile, donc, qu'elle appelle la gendarmerie de La Chartre.

Quand elle arrive sur le perron, trois camions de pompiers précédés de l'estafette bleue font leur entrée. Quelques secondes après, la cour d'honneur semble grouiller. Vus du perron, les pompiers deviennent d'étranges animaux courts sur pattes, aux crânes brillants et aux corps luisants et noirs. Et brusquement tout paraît se figer lorsque les trois lances entrent en batterie. On sent que chacun attend et que l'incendie lui-même retient son souffle.

Et puis c'est un véritable concert de grésillements, de crépitements et de petites explosions. Après avoir lancé une énorme gerbe d'étincelles, le toit est devenu une énorme masse sombre et fumante.

Tout le monde ressent cela comme une première victoire. D'ailleurs les pompiers ne le tiennent plus que sous le feu d'une seule lance. Les trois autres convergent vers la fournaise de l'entrée.

Avant que le Berliet ne soit complètement vide, Fernand s'est installé au volant et a mis le moteur en route. Le père Rouleau est venu le rejoindre.

« Dès que l'aiguille est sur zéro, même si ça débite encore, on débranche les tuyaux et on file à la rivière. On se mettra sur le pont de Bazouer, c'est encore profond au-dessous. Avec cette sécheresse, c'est pas facile ! »

Le père Rouleau acquiesce d'un hochement de tête. Machinalement, il s'essuie le front, remonte son béret sur le sommet de son crâne, puis se passe la main dans les cheveux.

« On a eu chaud..., bon sang qu'on a eu chaud... »

L'œil rivé sur la jauge, Fernand demande :

« T'as une idée, toi ? C'étaient des bâtiments désaffectés ça...

— Ouais... »

Le père Rouleau continue à se gratter consciencieusement le crâne.

« Z'étaient vides, mais ils avaient fait rentrer de la paille ces jours-ci. Alors, tu sais, avec ces installations électriques qui datent, un court-circuit est vite arrivé...

— Donc pour toi c'est plutôt un accident ? »

Le père Rouleau regarde Fernand. Ses petits yeux ronds sont écarquillés.

« Qu'est-ce que ça peut être d'autre ? s'étonne-t-il.

— Ben, tu sais... »

Il n'est vraiment pas à l'aise.

« Tu sais bien qu'on dit qu'il est juif et que... »

Le père Rouleau s'emporte.

« Mais enfin qu'est-ce que vous avez tous ? Faut toujours que vous vous mêliez de ce qui vous regarde pas ! Moi je les trouve comme les autres, ces gens-là. Ils sont même mieux que les anciens propriétaires... Et puisque t'es si malin, qui aurait pu faire ça ? »

Cette fois, Fernand est franchement embêté.

« J'sais pas, moi..., je disais ça...

— Ben justement, faut mieux faire attention à ce qu'on dit... parce que si c'est pas un accident, ça veut dire qu'il y a forcément un criminel... »

Fernand se contente de grogner un vague acquiescement. Son visage crispé semble complètement absorbé par les mouvements frénétiques qui agitent l'aiguille.

« Fais signe aux deux autres qu'ils peuvent débrancher le tuyau. »

Tout en disant ça, il envoie un coup de sirène afin d'attirer l'attention de Toinon et de Lataloche.

Sur le perron, Annie se rend compte que tous ces hommes aux gestes précis et aux mouvements coordonnés n'ont vraiment pas besoin d'elle.

Au contraire même.

Au milieu d'eux, elle les encombrerait plutôt. Cela lui rappelle les jours où Albert se met dans la tête de l'aider à faire la cuisine. En général il se plante à côté d'elle et, chaque fois qu'elle doit se déplacer, elle se bute contre lui. Quand elle lui assigne une tâche précise, alors là c'est encore pire...

« Dis-moi comment je dois faire. Comme ça ? Est-ce qu'il y a assez de ceci, de cela ? Et ça, où tu le mets ensuite ? Qu'est-ce que tu m'as dit ? »

Avant de faire demi-tour, Annie remarque qu'Odile et Marguerite en sont arrivées aux mêmes conclusions. Elles s'éloignent toutes deux en direction de la Ricordaine. Nul doute que Mme Rouleau n'aille voir comment dort *son petit*, comme elle dit.

Annie sourit.

Comme elle la comprend.

D'ailleurs, à son tour, que peut-elle faire d'autre en attendant que les pompiers aient terminé leur travail ?

Elle referme doucement la lourde porte d'entrée et monte, d'un air las, les premières marches.

Tout de même, ces écuries, ce n'est pas de chance. Cela va forcément bouleverser leurs plans.

« Ben dis donc, quelle catastrophe ! T'as vu la tête qu'elle faisait, Madame ? Elle est drôlement forte, Madame, hein ? »

Elle interroge, la Marguerite, mais n'attend pas vraiment de réponse. D'ailleurs, avant de reprendre le fil de ses préoccupations, Odile, qui la connaît bien, s'est contentée de dire :

« Ben dame... l'est courageuse, c'est sûr ! »

Ça suffit pour que Marguerite reparte.

« Je me demandais tout à l'heure... c'est tout de même étonnant, cet incendie ! Tu ne crois pas que les enfants auraient pu se cacher dans les écuries pour fumer des cigarettes par exemple. Remarque, je les accuse pas...

— Comment savoir ? »

Odile hausse les épaules.

Elle est terrible, cette Marguerite. C'est peut-être parce qu'elle n'en a jamais eu, mais pour elle les enfants sont reponsables de tous les maux de la création.

« Au fond, on ne sait pas d'où ils venaient ce soir quand ils sont rentrés si tard... »

En plus, il faut qu'elle soit au courant de tout. Cette fois Odile ne dit rien. Elle la connaît, sa Marguerite. Elle parle trop, mais elle a bon fond. Que quelqu'un en ait besoin et elle lui donne sa chemise.

Enfin..., peut-être pas maintenant...

« Mais ça ne t'inquiète pas, toi, qu'ils soient tout le temps ensemble ? »

Elles arrivent à la Ricordaine, ce qui permet à Odile de ne pas répondre. En entrant dans la salle, elle se contente de dire :

« Bien sûr... Bien sûr... Mais tu sais ce qu'on va faire ? »

Marguerite ne le sait pas, mais tout montre qu'elle est impatiente de le savoir.

« Eh bien, nous allons faire des litres de café. Tu crois pas qu'ils vont en avoir besoin, ces hommes ? Nous aussi d'ailleurs ! »

Marguerite ne peut dissimuler sa déception. Pourtant elle finit par dire, elle aussi :

« Bien sûr..., bien sûr... »

Tandis que les deux énormes cafetières commencent à chanter doucement sur la cuisinière à gaz et à répandre leur bonne odeur, Odile en profite pour grimper à l'étage. Juste pour jeter un coup d'œil dans la chambre de Jean-Pierre.

Quand elle redescend, elle est livide.

« Ben, qu'est-ce que t'as ? lui demande Marguerite en se précipitant.

— Le petit a disparu !

— Mon Dieu ! mais ce n'est pas possible... »

Odile chancelle et se laisse conduire, toute molle, jusqu'à un banc.

« Ne nous affolons pas... »

Elle dit ça, et elle court dans tous les sens, la Marguerite.

« Je ne sais pas, moi... Il est peut-être allé à l'incendie et nous ne l'avons pas vu. Il se sera levé après et puis c'est tout. »

Elle apporte une tasse de café fumant qu'elle remue nerveusement.

« Allez..., prends, et tu verras que ça ira mieux ensuite. »

Mais Odile secoue la tête de gauche à droite.

« Comment ? tu n'en veux pas de ce café ? »

Deux larmes roulent sur ses joues. Elle déglutit, happe l'air et parvient à balbutier d'une voix brisée :

« Ce n'est pas ça... C'est Jean-Pierre. Il n'a pas pu aller au feu, son lit n'est même pas défait. »

C'est au tour de Marguerite de s'asseoir.

« Comment ? Tu veux dire qu'il n'a pas dormi là ? Mais alors... »

Ce qu'elle a à dire lui paraît si gros qu'elle s'interrompt.

« Mon Dieu, où peut-il être ? ne cesse de répéter Odile, éplorée.

— Moi, je crois que tu ne devrais pas te faire de souci. »

C'est dit d'un ton si péremptoire que Mme Rouleau est obligée d'entendre.

« Oh ! toi..., on voit bien que tu n'as pas d'enfant, s'indigne-t-elle.

— Peut-être que j'ai pas d'enfant, mais c'est pour ça aussi que je les regarde vivre. Tu n'es pas obligée de m'écouter, mais selon moi ces petits se sont retrouvés cette nuit. »

Odile s'est redressée. La seconde d'après, elle est retombée sur le banc, accablée.

« Et s'ils s'étaient retrouvés dans les écuries... »

C'est dit dans un souffle. D'une voix blanche. Douloureuse.

Elle laisse aller son menton sur sa poitrine puis éclate en sanglots.

« Ce serait terrible... »

Marguerite s'est approchée d'elle.

« Ne nous affolons pas, Odile. Viens. Allons déjà voir ce qu'est devenue Alexandra. Si ça se trouve, nous inventons n'importe quoi. Bois ce café et viens. »

Elles ne sont pas arrivées au château qu'elles voient venir Mme Vergnault, courant vers elles. Elles se serrent, instinctivement, l'une contre l'autre.

« Alexandra n'est plus dans sa chambre.

— Jean-Pierre non plus, Madame. »

C'est Marguerite qui a parlé. Odile est dans l'impossibilité de s'arracher le moindre son.

« Vous croyez qu'ils sont ensemble ? »

Elles hochent toutes deux la tête.

« Mais où, et pour quoi faire ? » demande Annie, de plus en plus affolée.

Mme Rouleau ne peut s'empêcher de tourner la tête en direction de l'incendie.

Annie hésite à comprendre.

« Vous voudriez dire que... qu'ils... Non... non... ce n'est pas possible... »

Elle ouvre la bouche. Pousse un long cri. Tourne sur elle-même. Puis s'écroule mollement.

Heureusement que Marguerite est là pour la recevoir dans ses bras. Quant à Odile, hébétée, elle se contente de les regarder.

« Mais ne reste pas comme ça... Aide-moi... Tu vois bien que Madame se trouve mal... Vous êtes folles toutes les deux d'imaginer le pire tout de suite. Tu sais bien que c'est en aidant les autres qu'on oublie son propre malheur. Dépêchons-nous. Tu ne veux tout de même pas qu'on laisse Madame comme ça... »

Mécaniquement, Odile se baisse et s'empare des chevilles de Mme Vergnault. Ce sont deux fortes femmes que l'effort ne semble pas affaiblir.

Quelques minutes plus tard, Annie est installée sur le divan du salon. Pendant que Marguerite lui frictionne les tempes avec de l'alcool et lui passe un linge mouillé sur le reste du visage, Odile ne peut s'empêcher de monter à l'étage. Quelque chose l'appelle là-haut et elle ne sait quoi. Un indice peut-être. En tout cas elle est comme guidée.

C'est ainsi qu'elle se retrouve dans la chambre d'Alexandra.

Ici non plus le lit n'est pas défait. Elle se dirige vers la fenêtre, et c'est en passant devant le secrétaire qu'elle remarque l'enveloppe blanche posée bien à plat sur le sous-main.

Elle s'en empare et l'ouvre fébrilement. Cela ne se fait pas habituellement, mais il y a des circonstances...

Les premiers mots lui sautent au visage.

Chers parents,
C'est une décision difficile à prendre et j'ai bien pesé le mal qu'elle pouvait faire. Mais la situation est devenue intolérable. C'est pourquoi Jean-Pierre et moi avons décidé de partir pour l'Améri...

Odile se laisse tomber sur le lit. La tête lui tourne. Sauvés, sauvés, ils sont sauvés, ne cesse-t-elle de se répéter.

« Ces petits sont fous, murmure-t-elle, l'Amérique..., quelle histoire ! »

Puis, dès qu'elle a un peu récupéré, elle descend l'escalier quatre à quatre en hurlant :

« Madame..., madame..., ils sont sauvés, les petits, ils sont sauvés... »

Elle arrive dans le salon tout essoufflée.

« Ils sont simplement partis... »

A ces mots, Annie se redresse.

« Partis..., partis..., mais où ?

— En Amérique, répond Odile en lui tendant la lettre.

— Quoi ? »

Dehors le jour se lève. L'incendie est complètement maîtrisé. Les écuries ne sont plus que ruines à demi calcinées dans lesquelles les pompiers tentent de relever des indices.

Sur la pelouse couverte de cendres, quelques

fleurs émergent, sauvées du désastre par on ne sait quel miracle.

A l'autre bout, trois silhouettes rentrent tristement vers la Ricordaine. Un incendie ne passe jamais sans laisser de traces chez ceux qui l'ont vécu.

Et puis... il y a eu tant de bouleversements et d'émotions cette nuit !

Après la joie de les savoir vivants, l'inquiétude est revenue, Odile se demande pourquoi ce petit est parti. Quant à René, il comprend. Il n'a malheureusement pas les mots pour expliquer.

Que pourrait-il lui dire d'ailleurs, à sa femme ?

Qu'il y a des *natures* que l'on ne dresse pas et que l'on ne domestique pas ?

Dans l'estafette bleue, le brigadier Marchand, lui, ne cherche pas à comprendre. Il se contente de donner le signalement de Jean-Pierre et d'Alexandra au fichier central, et d'indiquer la route qu'ils ont pu prendre.

24

« C'est drôlement chouette... Impressionnant aussi !
Je ne serais pas tranquille toute seule ici... »

Alexandra parle à voix basse. Elle se serre un peu plus contre Jean-Pierre. Lui, reste silencieux. L'étrange lumière de cette nuit blafarde lui donne un visage étonnamment grave.

Souvent, il est venu ici. Mais c'est la première fois qu'il y fait une visite nocturne.

Ils se tiennent à l'orée de la forêt, main dans la main.

Devant eux, le terrain parsemé d'arbres descend en pente douce. Dans le creux, un ruisseau trace une ligne argentée. Sur le versant opposé, une étrange maison a jeté ses assises. Derrière, après un espace pelé, la forêt retisse sa dentelle et la plaque sur un ciel tout frissonnant d'étoiles.

De la fenêtre en ogive qui les regarde coule une lumière jaune-orangée.

« Tu crois qu'il est là ?

— Forcément..., sinon y aurait pas la lumière... »

Alexandra ne se lasse pas de regarder cette étrange maison. C'est vrai que seule elle aurait la trouille, mais... avec Jean-Pierre...

Elle n'en a jamais vu de maison comme ça, et pourtant elle a l'impression de la connaître depuis toujours.

Son toit est fait de deux pans qui descendent très bas, et auxquels, sur l'arrière, s'adosse une tour ronde et massive. Comme le toit a du ventre et fléchit en son centre, et que la façade est faite d'un mélange de colombage et de pierres de taille, l'ensemble donne une impression de rondeur rassurante. On comprend aussi que c'est une très ancienne maison, et qu'il y a longtemps, sans doute, ce devait être un château ou une fortification moyenâgeuse dont la tour est un vestige.

« Dis donc, ça doit être vachement bien à l'intérieur. »

Jean-Pierre et Alexandra sont intimidés. Elle ne le connaît pas, et lui se demande bien comment il va prendre leur escapade, et comment ils vont la lui expliquer.

Malgré sa peur, il ne supporte pas l'idée de ne pas accomplir le projet qu'ils ont formé. Il compte mentalement jusqu'à trois et plonge...

« Viens... »

Il fait un pas en avant, mais Alexandra lui serre plus fort la main et le retient.

« Attends encore un peu.

— Mais ça fait plus d'un quart d'heure qu'on est là à reculer le moment.

— T'es sûr qu'il va pas...

— Mais non..., y a rien à craindre. »

En la rassurant, il se rassure. Puis, pour tromper

son angoisse, il pousse une petite pointe de vitesse en dévalant la pente.

« Mais il est dingue ce type », halète Alexandra.

Ils sont arrivés en bas, se regardent et éclatent de rire. Incroyable ce qu'ils s'amusent depuis qu'ils sont partis de chez eux.

Ils longent le ruisseau qui sent très fort le cresson et la saponaire. Ils le longent jusqu'à un petit pont en bois. De l'autre côté, un chemin en escalier, fait de dalles et de pierrailles, grimpe jusqu'à la maison. Ils sont tout essoufflés quand ils s'immobilisent devant la porte.

Une grande porte en ogive tout en bois sculpté.
A nouveau, ils n'en mènent pas large.

Ils retiennent leur respiration comme s'ils craignaient qu'on les entende. Leurs yeux fixent le marteau en forme de main. Ils ne parviennent pas à se décider. C'est encore Jean-Pierre qui plonge le premier. Il s'empare du lourd marteau. Le soulève.

Et puis boum.

C'est fou ce que ça résonne là-dedans. Alexandra imagine que c'est immense. Immense et vide.

Mais maintenant que la main de bronze est retombée, elle n'a qu'une envie : tourner les talons et s'enfuir à toute allure. Mais Jean-Pierre reste ferme et la tient solidement. D'ailleurs, il est trop tard, les premiers signes de vie se font entendre.

Un claquement d'abord. Un frottement ensuite, puis la porte s'ouvre et le père Jonas les regarde.

« Ben ça alors... si je m'attendais ! Jean-Pierre... Et pas seul ! Bonjour, mademoiselle... Mademoiselle ?

— Alexandra, glisse Jean-Pierre.

— ... Bonjour, mademoiselle Alexandra. Mais ne

restez pas comme ça tous les deux, on dirait que vous avez peur. »

Alexandra ne peut détacher ses yeux du père Jonas.

C'est un vieillard évidemment, mais quel âge lui donner ? Comment dater cette chevelure drue et immaculée, et cette barbe tout aussi blanche et tout aussi fournie ? Contrairement à Mama Julia, le visage n'est pas ridé. Il a, posées sur le nez, de petites lunettes ovales. Derrière, des petits yeux pétillants, qui ne cessent de bouger. Ils donnent l'impression de vouloir tout voir, tout saisir, tout comprendre. Il dégage une telle force, une telle gentillesse et une telle assurance, qu'ils s'en retrouvent tous les deux galvanisés.

« Mais entrez donc », dit le père Jonas en s'effaçant et en souriant avec bonhomie.

Jean-Pierre et Alexandra n'ont plus d'hésitation et pénètrent dans un hall d'où part, juste en face, un escalier aux marches de pierre usées. Machinalement, ils lèvent la tête et suivent son mouvement tournant qui finit par déboucher sur une galerie se déployant à mi-hauteur de mur et conduisant à une porte. Au-dessus, c'est un enchevêtrement de poutres énormes et de solives.

Le père Jonas les entraîne, par une porte trapue, dans la pièce éclairée qui se trouve sur leur droite. Le plafond, ici, est bas et voûté.

Alexandra s'immobilise sur le seuil.

« Que c'est beau ! » murmure-t-elle.

Ce qui surprend en premier, c'est le chatoiement des couleurs. Les murs et le plafond, que l'on dirait d'une seule pièce, d'un seul tenant, sont recouverts d'un crépi blanc mangé par des livres, des tableaux, des gravures et des objets de toutes sortes. Çà et là, sur le sol fait de grandes dalles de pierre lisses, des tapis étalent leurs arabesques rouges, vertes et noires. Mais c'est le rouge qui domine. Peut-être à cause des rideaux garance qui pendent de chaque côté des trois fenêtres en ogive. Quant aux meubles, composés de tables, de chaises, de fauteuils, ils semblent disposés dans un parfait désordre, même l'énorme fauteuil de cuir fauve qui trône devant la cheminée.

Sur la tranche large et arrondie de son dossier, un énorme chat noir ne quitte pas Alexandra de ses yeux verts...

Le père Jonas traverse la pièce et va jusqu'à un bahut qu'Alexandra n'avait pas remarqué. Au passage, il shoote dans une balle qui traînait sur le tapis. Alerté par ce bruit qu'il connaît bien, le chat tourne la tête.

A voir le père Jonas sautiller et se déplacer avec tant de légèreté et de souplesse, Alexandra ne peut s'empêcher de se demander comment une tête aussi chenue peut s'enraciner dans un corps aussi alerte.

Elle est à nouveau très impressionnée.

« Asseyez-vous, dit le père Jonas, j'allais justement prendre une infusion avant de me coucher. Nous allons la partager. »

Après avoir disposé les tasses sur la longue table, il ouvre une porte qu'Alexandra avait cru être celle d'un placard et disparaît.

Jean-Pierre, qui s'est approché du chat et le caresse, fait signe à Alexandra de venir les rejoindre. En même temps, il l'interroge du regard. Il a besoin de savoir ce qu'elle pense du père Jonas, de sa maison, de cette pièce, du chat Méphisto qui ronronne et arrondit son dos sous sa main. Il est heureux de lui faire découvrir l'univers du père Jonas.

Elle tend sa main vers Méphisto, mais c'est sur la sienne qu'elle la pose... et la serre très fort en esquissant une mimique admirative.

Il se penche et dépose sur ses lèvres un rapide baiser. C'est le premier qu'il ose. Jusqu'ici l'initiative appartenait à Alexandra.

Mais vite il se recule.

Il était temps.

Le père Jonas revient, précédé d'une cafetière rouge dont l'émail, constellé d'éclats noirs, dit combien et comment elle a vécu.

25

Ils sont là, figés. Intimidés. Souriant, le père Jonas les regarde.

« Ben, restez pas comme ça, asseyez-vous... »

Tout en disposant son plateau sur la table basse, il ajoute, accompagnant ses propos d'un clin d'œil plutôt comique :

« Ne me dites pas que vous avez peur d'avaler ma mixture ? »

Il fait évidemment allusion à la réputation que lui font les villages alentour. Parce qu'il vit à l'écart et qu'on ne lui sait pas de revenus, parce qu'il connaît les herbes et le pouvoir des plantes, le père Jonas passe pour un sorcier. Les hommes ne comprennent pas pourquoi il ne vient pas au bistrot satisfaire au rite de l'apéritif. Quant aux femmes, elles se méfient de cet être qui n'a jamais épousé l'une d'entre elles.

Jean-Pierre et Alexandra ont posé le bout de leurs fesses au bord d'un vieux divan défoncé, dont le cuir a été déchiré par les griffes de Méphisto. Alexandra est complètement captivée par le père Jonas.

Les tasses sont pleines.

« Pour le sucre, vous vous servirez, dit-il en s'installant dans son fauteuil. J'ai aussi apporté du miel de châtaignier. Pour sucrer ma potion, c'est l'idéal... »

Puis il ajoute, sans transition :

« Alors... racontez-moi un peu ce qui vous amène. »

Il les considère tous les deux avec bonhomie. La question est directe, il n'y a rien d'agressif dans le ton.

Alexandra et Jean-Pierre se regardent. Puis piquent du nez dans leurs tasses.

« Vous venez de la Ricordaine ? »

Ils hochent la tête. Jean-Pierre se racle la gorge et souffle :

« Alexandra est du Noyer. C'est la fille des nouveaux propriétaires...

— Mais goûtez-moi donc cette infusion, l'interrompt le père Jonas comme s'il n'écoutait pas. La menthe sauvage et la sauge ont un parfum exceptionnel cette année. Il y a longtemps que je ne leur avais pas connu une telle odeur... C'est à cause du temps... »

Il porte la tasse à ses lèvres, relève le coude et jette la tête en arrière. Quand il la repose, elle est vide.

« Vous ne pouvez pas vous souvenir, dit-il en se resservant avec une mimique de gourmandise. D'ailleurs, vous n'étiez pas nés ! C'était l'été 39. Voyez que ce n'est pas d'aujourd'hui. La Nature offrait aux hommes un merveilleux cadeau. Une sorte d'enchantement ! Et regardez ce qu'ils en ont fait : la guerre ! Ils ont truffé le ciel bleu de mitraille et mis le feu à toute cette beauté ! Cette année, cet été fantastique, peut-être encore plus beau que celui de 39, je le ressens comme un présage. Une sorte d'avertissement. Une nouvelle chance que la Nature nous donne. C'est à nous d'en profiter. Mais aussi de comprendre ce qu'elle veut nous dire... »

Jean-Pierre et Alexandra s'imaginent que ces paroles, légèrement dramatiques, s'adressent à eux. Eux qui, précisément, ont su profiter de cet été exceptionnel. Quand le père Jonas se tait, Jean-Pierre enchaîne alors tout naturellement sur leur histoire. En quelques mots, il raconte tout. De l'arrivée d'Alexandra, jusqu'à leur décision de partir pour l'Amérique. Le père Jonas l'écoute avec attention. De temps à autre, il hoche la tête ou fronce les sourcils. Mais il ne l'interrompt jamais, attendant patiemment qu'il ait tout dit. Puis il se tasse dans son fauteuil et paraît réfléchir intensément.

« Vos parents savent-ils que vous êtes partis ? » demande-t-il, rompant sa réflexion.

Cette fois, c'est Alexandra qui répond.

« Oui..., je... je leur ai laissé une lettre...

— Tu as précisé que vous aviez décidé d'aller en Amérique ?

— Oui..., enfin... je crois...

— Vous verrez bien, ajoute-t-il méditatif. Mais, puisque vous partez, j'imagine, Jean-Pierre, que tu es venu me dire au revoir et me présenter Alexandra ? »

Ils acquiescent en chœur.

Le père Jonas s'est levé. Il marche le nez dans les livres couvrant presque tous les murs de la pièce. Il cherche visiblement un volume. Les enfants attendent, suspendus à son geste. Ils le voient secouer la tête et revenir vers eux.

« C'est pas la peine que j'insiste, je ne le trouverai pas. Faudrait que je me décide un jour ou l'autre à mettre de l'ordre là-dedans... »

Il hausse les épaules et fixe Alexandra de ses yeux bleus pétillants.

« Tu lis, Alexandra ?
— Oh ! oui... j'adore ça !
— Alors il faudra que tu en donnes le goût à Jean-Pierre. Il est beaucoup trop fainéant pour ça ! D'autant qu'il est en âge d'apprendre tout seul. Et la lecture reste le meilleur moyen pour apprendre, croyez-moi, les petits ! Bon. Revenons à votre histoire. »

Alexandra a le feu aux joues. La voilà chargée d'une grande mission.

Le père Jonas s'est réinstallé dans son fauteuil et, du creux de la paume, tâte un peu la température de la cafetière.

« Je pense que ça pourra aller, dit-il en se servant une nouvelle tasse d'infusion. Vous devez me prendre pour un vieux gourmand, hein ? »

Puis il éclate de rire et, selon son habitude, revient à leur aventure sans transition aucune.

« L'Amérique... C'est drôlement loin, ce truc-là. Enfin, vous verrez bien. L'important c'est de partir. C'est justement ce que je cherchais dans ce bazar de bibliothèque. Il n'y a pas très longtemps que j'ai lu ça quelque part. »

Là-dessus, il liquide sa tasse.

« L'Amérique..., c'est que c'est loin. Moi, je n'aimerais pas partir dans un pays étranger. Je suis d'ici. Pourtant j'y ai songé parfois. Ce n'est pas facile de ne pas être comme les autres. De ne pas vivre comme les autres. De ne pas voir comme les autres. Et puis... il n'y a pas que ça... »

Pour la première fois, son ton est grave. Alexandra s'est instinctivement redressée. D'un bond, comme s'il avait ressenti sa brusque tension, Méphisto est venu se frotter à ses jambes. Puis le voilà sur ses genoux. Il se pelotonne dans le creux de ses cuisses et ronronne sous la main qui court le long de son dos.

Jean-Pierre, en revanche, s'est détendu. Il a laissé aller son buste contre le dossier. Les jambes croisées. Il connaît assez son bonhomme pour savoir que ce qu'il va dire maintenant est très important et que, même s'il ne comprend pas tout, il a intérêt à tout retenir.

« Oui..., il n'y a pas que ça, reprend le père Jonas comme s'il se parlait à lui-même. Partir, c'est une décision très grave. Pleine de conséquences. Vous n'ignorez pas dans quel état se trouvent vos parents. Je sais que vous avez des raisons. Je sais qu'ils auraient dû penser que vous aviez des raisons... Mais faut comprendre. De leur temps, on ne partait pas aussi facilement qu'aujourd'hui. Les filles surtout. C'était toute une histoire pour leur faire quitter leur famille ou leur village ! A mon époque, quand on aimait une femme à la folie, eh bien, on l'enlevait ! »

Ils ont l'air si étonnés que le père Jonas croit bon d'insister :

« Si, si, c'était comme ça. Et je vais vous faire un aveu, j'aurais pu en enlever une. Mais l'idée m'était intolérable. On ne force pas l'amour. La vie que je vivais, c'était à elle de la choisir, pas à moi de la lui imposer ! Alors j'ai vécu seul. Au début par fierté, puis par bravade, et enfin par fatalité... »

Il se lève et va jusqu'à la cheminée. S'empare d'une pipe noire et luisante. C'est très rare que le père Jonas sorte sa pipe. C'est là le signe d'une intense émotion.

Il soulève le couvercle d'une boîte ronde, toute peinte. Prend quelques pincées de tabac qu'il fourre dans le fourneau. Quand il tire quelques bouffées après avoir battu le briquet, une agréable odeur se répand.

« Avec l'âge, je peux voir les choses plus sereinement. Je n'ai plus rien à me cacher ou à protéger. Je sais que ce chemin de solitude que j'ai suivi, et dont j'étais fier, est une sorte d'illusion. Sans doute y ai-je connu un exaltant sentiment de liberté. Faire ce que l'on veut. Ne rendre de compte à personne. Se consacrer entièrement à la Nature et à sa connaissance. C'est évidemment fabuleux. Cela a donné un sens fantastique à ma vie... Mais justement. Cette vie qui paraît si pleine, il y a manqué quelque chose. Ou plus exactement quelqu'un... Je sais maintenant que cette solitude-là, que cette solitude qui me fascinait et nécessitait tout mon courage pour l'affronter, c'est le lot de chaque être humain sur cette terre. Nul n'échappe à la solitude ! Même ceux que la peur tient serrés au milieu des autres. Elle est là qui nous guette dans un coin du cerveau. Aujourd'hui, il m'est possible de dire que je l'ai apprivoisée, et que même je suis parvenu à vaincre la peur que j'en avais. Mais cette voie-là, qui est celle du dépassement, j'aurais tout aussi bien pu la vivre avec quelqu'un à mes côtés... »

Ces dernières paroles, le père Jonas les prononce d'une voix que Jean-Pierre ne connaît pas, et il en est tout bouleversé.

« Vous le voyez, reprend le père Jonas toujours avec gravité, je suis moi aussi très désemparé. Alors que je devrais vous gronder, vous renvoyer chez vous, je ne peux que vous souhaiter bonne chance. Car le chemin que vous prenez est mille fois plus beau et mille fois plus difficile que celui que j'ai emprunté pour traverser la vie. »

Il se lève. Visiblement bouleversé. Va tapoter le fourneau de sa pipe au-dessus du tas de cendres qui dort dans la cheminée. Quand il les regarde à nouveau, son visage a repris sa tranquille assurance. Les yeux pétillent.

« Eh bien..., vous voilà dans de beaux draps, vous deux ! Car, bien entendu, je ne vais pas manquer d'avoir la visite du père Rouleau... »

Cette façon, qui lui est si particulière, de passer sans crier gare d'une chose à l'autre désarçonne encore une fois Jean-Pierre et Alexandra. Un instant ils ont l'impression de ne pas avoir bien compris.

« Il sait bien, René, que nous sommes copains, Jean-Pierre et moi. Mais Jean-Pierre sait aussi que je suis très copain avec son père. Alors, lequel des deux dois-je trahir ? Car René va forcément me demander si vous êtes passés... »

Vues sous cet angle, les choses se compliquent.

Tout à la joie de s'échapper, et dans leur désir de venir ici, ils avaient gommé ces questions.

Devant leurs mines déconfites, le père Jonas éclate de rire. Un rire franc. Joyeux. Communicatif.

« Je crois qu'en toutes situations il nous faut chercher à être le plus juste possible, enchaîne le père Jonas enfin calmé. La vie n'est simple pour personne. Et j'ai remarqué que rien ne la complique plus que le mensonge ! Alors je vais vous dire ce que nous allons faire... »

Il prend le temps de s'installer dans son fauteuil, mais, au lieu de se laisser aller sur le dossier, il se penche vers eux et explique, sur le ton de la confidence :

« Vous dormirez cette nuit sur ce divan. Moi, dans ma chambre... là-haut. Simplement, vous partirez avant que je ne me réveille. Et surtout... vous veillerez à ne pas faire de bruit de façon que je ne sache pas dans quelle direction vous êtes partis. Car si autrefois tous les chemins menaient à Rome, on sait aujourd'hui que c'est en Amérique qu'ils nous conduisent... Alors, bonne chance, et n'oubliez pas qu'à mon âge on a le sommeil léger... »

Ils lui auraient presque sauté au cou, pour avoir trouvé une solution si équitable. Mais le père Jonas, pressé, les gratifie d'un doux sourire, puis il lève la main en disant :

« Allez, les petits..., salut et... à bientôt ! »

La porte est fermée depuis longtemps, que ce « à bientôt » résonne encore à leurs oreilles.

Qu'a bien pu vouloir dire ce diable d'homme ? N'avait-il pas compris qu'ils partent définitivement ?

Ils se sont couchés sans se dévêtir et se sont serrés l'un contre l'autre. Après un rapide baiser, ils se sont endormis, fatigués par une journée riche en émotions.

26

Le jour n'était pas encore levé qu'ils étaient déjà partis. Ils marchent en silence. On n'abandonne pas ce que l'on aime avec légèreté. A travers plaines et bois, une brume de tristesse les suit et les précède.

Main dans la main, ils avancent. Pour rien au monde, ils ne voudraient revenir en arrière. Quand on se sent si injustement traité, si totalement incompris, la fuite, seule, paraît être la solution.

Ils ont l'impression que leurs parents ne leur pardonneront jamais. Heureusement que le père Jonas ne les a ni jugés ni condamnés. Sans lui, ils se sentiraient à la dérive.

Coupant à travers la campagne, évitant les grands axes, ils s'éloignent. La tête pleine, le cœur lourd, ils progressent sans fatigue, se rendant à peine compte de la distance parcourue. Connaissant parfaitement la région, Jean-Pierre s'est laissé guider par son instinct. Après avoir largement dépassé les frontières de Saint-Aignan, traversé la forêt domaniale, ils ont fait du stop sur la départementale. La voiture les a laissés à Tours, et, là, ils se sont sentis en sécurité, ou presque...

Il est six heures du soir quand, après avoir acheté du jambon, du saucisson, du pain et du Coca-Cola, ils se réfugient dans un bois de châtaigniers. Protégés par la douceur du crépuscule et le charme secret des grands arbres, ils se détendent doucement. Assis chacun sur une pierre, ils cassent la croûte avec appétit. A intervalles réguliers, ils se regardent et éclatent de rire. C'est chouette, l'aventure. Jusqu'à ce que la nuit tombe, ils ont bavardé. La fatigue engourdit leurs jambes. Les premières étoiles n'ont pas apparu dans le ciel que, déjà, ils sentent le sommeil alourdir leurs paupières.

Jean-Pierre organise une couche de fortune avec des feuilles sèches, roule leurs pulls en boule, en fait des oreillers.

Leur nid est prêt. Sans un mot, ils s'allongent. Serrés, pelotonnés l'un contre l'autre pour résister à la fraîcheur de la nuit, ils s'endorment.

L'aventure, aujourd'hui, est au rendez-vous. Il va falloir prendre des décisions, s'organiser. Il ne suffit plus de partir.

L'aube et le chant des oiseaux les ont réveillés. Assis sur la même pierre, ils réfléchissent.

L'Amérique, c'est loin ! Avant de repartir à sa conquête, ils rassemblent leurs forces.

Tout doucement, ils reprennent pied. Ils ont froid et se serrent l'un contre l'autre. Il n'y a plus qu'eux au monde.

Au loin, les bruits de la ville leur parviennent. Des voitures, des motos, des tracteurs...

« A combien de kilomètres peut-on être de ce patelin ?

« — J'sais pas. Mais j'ai faim.
— Moi aussi, c'est terrible. »
Hier soir, ils ont tout dévoré.
« Si on allait se payer un petit-déj. ?
— Faudrait pas se faire repérer. »
Alexandra secoue la tête, se met debout :
« Moi, tu vois, je pencherais pour des tartines beurrées.
— Moi, j'avalerais un bœuf.
— Un café au lait ou du chocolat chaud avec...
— T'es au courant de l'histoire des alpinistes qui se sont mangés entre eux... »
Elle pousse un petit cri :
« Arrête, tu vas me faire flipper ! »
Il l'observe quelques secondes d'un air étrangement sérieux. Qu'est-ce qu'il lui arrive ? Il se redresse, gonfle le torse, écarte les bras ; son visage se tord sur un sourire féroce :
« Ils se sont jetés les uns sur les autres pour se dévorer... »
Et au moment où il va pour lui tomber dessus, la démonstration tourne court. Prompte et féline, elle lui a glissé entre les mains, et s'est enfuie en hurlant :
« A l'ogre, à l'ogre ! »
Par plaisir et parce que le jeu est chez lui aussi plus fort que tout, il la laisse prendre de l'avance.
Vêtue de son jean, de son vaste tee-shirt qui lui tombe aux genoux, tenant son pull à bout de bras, elle court entre les troncs de châtaigniers, criant toujours :
« A l'ogre, au vampire, au loup ! »
Il la contemple un bon moment et soudain l'idée le traverse qu'ils ne connaissent pas cette forêt.

« On n'a pas intérêt à se paumer par ici », songe-t-il avant de s'élancer à sa poursuite.

Il croyait pouvoir la rattraper en quelques enjambées. Mais Alexandra tient parfaitement la distance. Elle fonce droit devant, slalomant entre les vieux arbres, effrayant les oiseaux par ses cris.

« Alex, reviens, faut pas s'enfoncer... On va se perdre, reviens. Alex... »

Assourdie, elle file sans entendre les avertissements de Jean-Pierre.

« Au loup, au secours ! C'est un ogre... Il veut me manger.

— Alex, reviens, c'est idiot, on va... »

C'est aussi brutal qu'inattendu : elle s'arrête net, comme saisie par un inconcevable spectacle. Accélérant le rythme de sa course, il la rejoint vite.

« Regarde, Jean-Pierre... »

Ils demeurent un instant l'un contre l'autre, souffle court. Puis elle ajoute avec la même voix haletante :

« Une route ! »

Il suit la direction du doigt. Une route, effectivement. Ils n'en sont qu'à quelques mètres.

« Si on en profitait pour gagner l'Amérique ?
— Bonne idée !
— L'Amérique en stop... c'est pas mal.
— Allez, viens. »

Comme deux lutins, ils émergent à la lisière de la forêt. Rayonnants de bonheur, un peu sales, avec pour tout bagage leurs pulls noués autour du cou et leur argent en poche, ils se mettent en position sur le bord de la route. Pouce levé.

Au bout de dix minutes, Alexandra est découragée. Elle baisse le bras.

« Un moteur...
— Regarde, c'est une R 5.
— Je ne l'avais pas...
— Zut, elle trace sans...
— Manque de bol, c'était pas un gentil.
— Une de perdue, dix de retrouvées, la rassure Jean-Pierre.
— Oh ! une autre !
— Décidément, c'est la série des Renault... Trois à la suite. Attention, Alex, si on en voit cinq, ça porte bonheur. »

Comme pour le prendre au mot, deux autres véhicules de la même marque passent et disparaissent.

« Par exemple », s'exclament-ils ensemble.

Ils éclatent de rire et Alexandra ajoute :

« T'es un magicien !
— Heureusement que tu l'admets enfin, répond Jean-Pierre avec fierté.
— Oh ! quand même ! ne force pas la dose. »

Il se gonfle comme un coq :

« Tu veux une démonstration, ma petite vieille ?
— Ouais. »

Pendant qu'elle sautille, il se prend la tête à deux mains, donnant tous les signes d'une intense concentration. Soudain, il fait trois pas, s'approche du bas-côté, lève le bras, tend le pouce.

Au loin, après le deuxième virage, un camion arrive.

« Celui-là, il est pour nous.
— Je te parie que non.
— En quel honneur ? demande Jean-Pierre sans se démonter.

— Parce que les routiers sont de mauvais poil tous les matins.

— Comment le sais-tu ?

— Je l'ai lu dans un magazine de ma mère. »

Le camion ralentit, commence à se serrer sur la droite. Alexandra, bonne joueuse, s'écrie :

« T'as gagné ! »

Le camion s'arrête à leur hauteur. Jean-Pierre saute sur le marchepied, lance par la vitre ouverte :

« S'il vous plaît, emmenez-nous.

— Où ça ? » dit le chauffeur en se redressant pour regarder Alexandra.

Alexandra qui répond avec étourderie :

« En Amérique. »

Et Jean-Pierre tente de réparer l'erreur en enchaînant très vite :

« Ne vous occupez pas d'elle... c'est pour m'embêter, parce qu'on a parié sur vous, une chance sur deux, et c'est moi qui remporte le gros lot, alors vous comprenez...

— Rien du tout, mais ce n'est pas grave, montez », dit le chauffeur tout en continuant à fixer Alexandra.

Finalement, les routiers sont des nomades professionnels... Dans la cabine de leur camion, un énorme Berliet, il y a un tas d'objets nécessaires à la vie quotidienne. Ça rappelle, en plus moderne, les roulottes des gitans.

Celui-là a même une télévision miniature, branchée au-dessus de la chaîne stéréo.

Fascinés, Jean-Pierre et Alexandra découvrent cet

univers déroutant. Ils n'auraient jamais pensé qu'un camion puisse être ainsi équipé. Il ne manque qu'une cuisinière au-dessous du tableau de bord, pour que la cabine ressemble à un bateau.

Michel, le chauffeur, n'a pas encore trente ans et, comme tous les jeunes, il vit avec ses disques, ses cassettes. D'ailleurs, il leur ouvre sa boîte. Il y a un choix formidable.

Habile, Alexandra l'interroge. Michel se lance dans une étude comparée entre la chanson anglaise et la chanson française. Pour Jean-Pierre, ça devient très vite ennuyeux. Il n'entend rien à ces choses-là et préfère inspecter la couchette qui prend tout l'arrière de la cabine.

Tranquille, il s'allonge, tire le rideau en gros drap noir, et, bercé par le bruit des voix et du moteur, s'endort.

Dès que Michel s'en aperçoit quelque chose bascule. Il commence par se taire. Un malaise s'installe. Alexandra le sent et regrette de se retrouver seule, à côté de lui. Par instinct, elle recule vers la portière.

« T'as peur ? » demande-t-il alors.

Faussement gentille, sa voix a brusquement des accents vulgaires. Alexandra ne peut réprimer un léger frisson.

« Je te fais peur, hein ? »

Et il insiste ! Alexandra en a le souffle coupé. Comment ce type occupé à conduire, les yeux sans cesse rivés à la route, peut-il percevoir ses sentiments avec autant de précision ? Depuis que Jean-Pierre a disparu derrière le rideau, on ne dirait plus le même homme.

Que s'est-il passé ?

« Pourquoi ne mets-tu plus de la musique ? » demande-t-il sèchement.

Il en deviendrait presque mauvais !

Dépassée, sidérée, Alexandra l'examine un moment, yeux ronds, bouche ouverte.

« Si tu crois que je ne les connais pas, les gamines comme toi..., continue-t-il, les dents serrées, toutes les mêmes. Elles se prennent pour des grandes, mais au fond... »

Alexandra, de plus en plus mal à l'aise, attend la suite, mais rien ne vient. Le routier se contente de tourner la tête, de cracher au-dehors et de marmonner vaguement, comme si elle n'était plus là.

Alexandra se tasse sur elle-même et écoute battre son cœur au creux de sa poitrine. Elle est incapable de faire un geste ou de comprendre ce revirement. Pourquoi ces mots sont-ils chargés de méchanceté et de mépris ? Elle a l'impression qu'il veut lui faire payer quelque chose.

Mais quoi ?

« Toutes les mêmes, continue-t-il, vous ne vous rendez pas compte du mal que vous pouvez faire...

— Mais..., mais enfin quel mal ? » parvient à balbutier Alexandra.

Les yeux de Michel se posent rapidement sur elle. Il a le même geste du cou que tout à l'heure lorsqu'il s'est tourné pour cracher.

Alexandra frissonne à nouveau.

Le regard est froid, dur.

« Heureusement que vous êtes tombés sur moi tous les deux. Va donc rejoindre ton petit copain. Je vous réveillerai quand on arrivera. »

La voix est toujours aussi revêche mais il n'y a

plus trace de méchanceté. Alexandra ne sait que penser.

Michel s'est penché, a pris une cassette dans le boîtier et l'enclenche dans le lecteur. La musique céleste des Pink Floyd se glisse dans la cabine et vient atténuer le battement infernal du diésel. Les yeux dans l'axe de la route, il ne s'occupe plus d'elle.

Drôle de bonhomme tout de même.

Alexandra se dégage de son siège et va rejoindre Jean-Pierre le plus discrètement possible. Sans se réveiller, il se pousse. Quelques secondes après, au son de la guitare électrique, elle s'endort elle aussi.

Michel lance son bras en arrière et, sans se retourner, fait coulisser le rideau noir.

« Terminus, préparez-vous à descendre... »

Puis il met le volume de la chaîne à fond.

Sur la couchette, Jean-Pierre et Alexandra se redressent et se frottent les yeux. Ils se sourient, et, d'un doigt posé sur la tempe, elle lui fait signe que leur routier est sans doute sympa, mais qu'il est plutôt bizarre.

Ils rient, puis vont s'installer sur le siège. Dès que la musique s'arrête, Jean-Pierre demande à Michel :

« Où arrivons-nous ?

— A Lyon, répond le chauffeur sèchement.

— A Lyon ??? explosent Alexandra et Jean-Pierre. Mais...

— Quoi mais ? Si ça ne vous plaît pas, vous n'avez qu'à descendre tout de suite ! »

Alexandra essaie d'intervenir :

« Mais vous savez bien que nous allions en Amérique...

— Toi, la gamine, tais-toi ! »

Tout en disant cela, Michel manœuvre pour ranger le lourd véhicule sur le bas-côté. A peine est-il immobilisé qu'il leur fait face.

« Écoutez-moi, tous les deux. Vous n'aviez pas levé le pouce, que déjà j'avais compris que vous étiez deux jeunes fugueurs. Alors estimez-vous heureux que je ne vous aie pas déposé au premier poste de police. J'suis même prêt à parier qu'ils ont votre signalement et qu'ils vous auraient appelés par vos petits noms ! »

Machinalement, ils se sont serrés l'un contre l'autre et n'en pipent pas une.

« Ça vous en bouche un coin, hein ? Mais, je vous l'ai déjà dit, z'avez du bol d'être tombés sur moi. Vous avez du bol que j'aie du cœur. »

Son visage se durcit et il ajoute, fixant Alexandra d'un regard douloureux :

« J'ai une sœur qui est morte, à peu près à ton âge, au cours d'une fugue justement... Elle n'a pas eu ta chance. Elle est tombée sur un salopard... »

Frissonnants, ils se serrent encore plus fort.

« Un jour, vous comprendrez la chance que vous avez eue... L'Amérique ! Si vous saviez... Allez, descendez. J'ai pas de conseil à vous donner, mais si j'étais vous je rentrerais immédiatement à la maison. C'est là qu'est votre place... Laissez donc la route et l'errance à ceux qui ne croient plus au bonheur. Un jour vous me remercierez. Allez, *ciao* ! »

Bouleversés par les paroles du routier, ils se

retrouvent sur le bas-côté d'une autoroute inconnue qui file tout droit vers Lyon.

« Lyon, mais qu'est-ce qu'on est venus foutre ici, tu veux me le dire ? »

Alexandra parvient à esquisser un pâle sourire.

« C'est le hasard. C'est la vie...

— Tu crois que ça fait un grand détour pour l'Amérique ? » demande Jean-Pierre, très inquiet.

Cette fois Alexandra s'esclaffe sans retenue.

« Ah ! il a bien raison, le père Jonas, il est grand temps de faire ton éducation... »

27

Rouge de confusion, Jean-Pierre fouille une dernière fois dans ses poches.

Plus de doute et plus un sou !

Il se rassoit sur sa chaise. S'aidant de ses doigts, Alexandra compte à voix basse :

« Cent, deux cents, trois... on n'a pas dépensé mille balles en trois jours. C'est de la folie. Attends, réfléchissons... Cent, cent cinquante... »

Grâce à un routier sympa, encore un, ils sont arrivés à Aix-en-Provence. Pourquoi là et pas ailleurs ? Ils se sont laissé guider par la route. Ce n'est pas la direction de l'Amérique. Mais plutôt que revenir en arrière, ils ont préféré continuer vers le sud. Vers le soleil. Ils ont dormi à la belle étoile dans une forêt de pins et, ce matin, ils sont descendus en ville pour prendre un copieux petit déjeuner.

« Évidemment, le dîner d'hier a coûté cher, dit Jean-Pierre en regardant Alexandra qui s'empêtre dans son calcul mental.

— Mais non, t'es dingue, cent francs à deux, ça fait cinquante par tête de pipe.

— T'as bien l'air d'une tête de pipe, toi ! »

Elle va pour riposter vertement, quand elle s'aperçoit qu'il s'amuse de sa colère. Elle rit. Sa fossette se creuse, coupant en deux son petit menton pointu.

Le soleil traverse le feuillage des platanes, illuminant leurs têtes rapprochées. Boucles blondes boucles brunes.

« Qu'est-ce qu'on va faire, Jean-Pierre, c'est la cata !

— J'ai l'impression qu'on nous a piqué notre fric, cette nuit... pourtant, je l'avais sur moi...

— On l'a peut-être perdu.

— Non, j'en suis sûr. »

Alexandra s'écarte légèrement. L'observe un instant :

« Tu en es sûr ?

— Je me revois après le restau, justement... Tiens, en sortant, je l'ai mis là... »

Il désigne sa poche arrière et revient vers Alexandra, l'air soudain soucieux :

« C'est la pire des cata !

— En plus qu'il est drôlement tôt, y a pas beaucoup de monde. On ne peut pas espérer se mêler discrètement à la foule.

— Tu veux dire que...

— Ben oui. »

Complètement soufflé, Jean-Pierre dit entre ses dents :

« Partir sans payer !

— Chut, tais-toi. »

Brusquement, ils prennent une mine de conspirateur. C'est que, pour voler, il faut un plan. On ne peut pas s'embarquer dans une histoire comme celle-là à la légère. Procédant par ordre, ils décident, premièrement, de s'offrir une autre tournée de chocolat et tartines. Deuxièmement, d'attendre que la terrasse se remplisse pour filer à l'anglaise. Troisièmement, de trouver rapidement une voiture qui pourrait les conduire le plus loin possible de cette ville.

Le début du programme se déroule sans aucune difficulté. Aix-en-Provence est, dans le midi de la France, la capitale de la jeunesse. Le garçon de café ne voit donc rien d'anormal à ce que deux adolescents avalent à la suite deux petits déjeuners. Il en a l'habitude. Et ces deux-là lui plaisent. Ils respirent la joie de vivre, l'innocence. Bien sûr, ils sont un peu sales, un peu décoiffés, mais les vacances excusent tout. En ce moment ils sont des centaines à se balader ainsi dans les rues.

Très aimable, il leur apporte de nouvelles tasses fumantes d'un bon chocolat chaud :

« Vous êtes dans la région depuis longtemps ? »

Jean-Pierre rougit jusqu'aux oreilles. Par bonheur, ses longs cheveux blonds parviennent à dissimuler son trouble, d'autant qu'il a baissé la tête. Apparemment plus à l'aise, Alexandra répond « oui » d'une voix si pointue que Jean-Pierre en sursaute.

« Ça vous plaît ? »

Manifestement, le garçon de café a envie de faire la causette. La clientèle est encore rare. Le temps est merveilleusement beau. Ces deux jeunes gens lui sont agréables. Il n'a besoin que d'un discret encouragement pour continuer :

« Pardi, qui n'aimerait pas notre pays ? Les démons peut-être, et encore, je crois bien que le diable ici deviendrait un ange. »

Atterré, Jean-Pierre regarde Alexandra. Elle lui sourit vaguement. Volubile, l'homme poursuit, avec son accent qui fait chanter les mots :

« C'est pas le paradis, faut rien exagérer, mais presque, peuchère, presque le paradis ! Té, vous restez une heure et c'est fini, vous voulez y demeurer à vie, vous voulez y mourir, c'est ici que vous voulez être enterré...

— N'exagérons rien », coupe Alexandra en imitant le bavard avec un tel à-propos que tous les trois éclatent de rire.

Le serveur reprend, nullement découragé :

« Vous êtes une drôle, vous... J'ai une nièce qui vous ressemble. Ah ! celle-là, une... »

Cette fois, c'est trop. On dirait qu'il le fait exprès. Lancé à plein galop, c'est à peine s'il reprend son souffle. Jean-Pierre et Alexandra échangent des regards inquiets. Plus les minutes passent et plus ils ont l'impression qu'il s'agit d'une astuce pour les surveiller. Plus le garçon de café parle et plus ils gambergent.

Ils se voient déjà encadrés par deux policiers, les menottes aux poings, montant dans un panier à salade sous le regard haineux de la foule.

L'appétit leur manque soudain, et la sueur commence à perler sur leurs fronts. Ils ont chaud et ne tiennent plus en place.

L'autre continue, ne paraissant pas remarquer leur malaise. La vie de sa nièce le passionne à un tel point qu'il lui paraît évident que tout le monde s'y intéresse. Pas un seul instant il ne doute de leur attention. Comment pourrait-il, d'ailleurs, s'imaginer qu'ils n'écoutent pas ? Ces deux visages tendus, ces yeux fixes, ces bouches figées sur ce qui pourrait être un sourire, tout cela ne peut que traduire une intense attention.

Ça devient un désastre.

Jamais ils n'arriveront à mettre leur plan à exécution...

A Aix-en-Provence, l'été, les estivants envahissent vite le cours Mirabeau. Dès les premières heures de la journée, ils se précipitent sous l'ombre des platanes, font le tour de la fontaine, vont s'asseoir aux terrasses des bistrots.

C'est au moment où, désespérés, ils allaient s'avouer vaincus, qu'ils sont sauvés par un car de touristes allemands. En tout, une cinquantaine de personnes qui s'avancent vers les tables libres :

« Oh ! bonté du Ciel, s'exclame le garçon de café, regardez-moi ce qui nous arrive... une pluie de fridolins ! »

Prévoyant le travail qui l'attend, il s'essuie le front à l'aide de sa serviette immaculée, puis il s'excuse :

« Désolé, les petits, mais le devoir m'appelle. On reprendra après... c'est pas grave, hein ? Nous, les jeunes, on a la vie devant nous... Rien nous presse... »

Comme s'ils étaient les meilleurs amis du monde, le serveur tape fraternellement sur l'épaule de Jean-Pierre et gratifie Alexandra d'un clin d'œil complice.

Le car de touristes semble l'absorber instantanément. Le temps qu'il installe tout son monde, qu'il commence à prendre la commande et hop...

Les oiseaux se sont envolés.

Abandonnant leurs restes, Jean-Pierre et Alexandra se sont enfuis à toutes jambes.

Épuisée, souffle court, Alexandra s'effondre sur le siège arrière de la Peugeot qui vient de les ramasser. Comme c'est un homme qui conduit, Jean-Pierre est monté à l'avant, par prudence.

Tout doucement elle reprend sa respiration, se calme. Jamais elle n'a eu aussi peur de sa vie. Et maintenant qu'ils sont à l'abri dans cette voiture, elle regrette d'avoir fait ce vilain coup. Oh! pas longtemps! Après les remords, c'est la satisfaction qui l'emporte. Rien n'est plus grisant que de gagner, surtout quand on joue encore au gendarme et au voleur. Au fond, il n'y a pas de petite victoire.

« Quand on est capable de se débrouiller sans un rond, songe-t-elle, c'est qu'on est libre... » Ravie de cette trouvaille, elle bat des paupières, ouvre les yeux.

A côté du chauffeur, Jean-Pierre est raide, silencieux.

Celui qui les conduit n'est guère plus âgé que Jean-Pierre. Les voyant courir comme des fous, c'est lui qui s'est arrêté pour les embarquer. Il se décide enfin à demander presque timidement :

« Vous allez dans quelle direction ? »

Jean-Pierre et Alexandra sursautent. Voilà bien une question qui ne les avait même pas effleurés.

« C'est que...

— Et vous ? dit très vite Jean-Pierre.

— Oui, et vous ? » répète Alexandra.

Le jeune conducteur rigole en silence, se laissant secouer par les hoquets. Jean-Pierre et Alexandra s'interrogent du regard.

« Le moins qu'on puisse dire, c'est que vous êtes

conciliants », reprend l'inconnu sans cesser de rire.

Alexandra s'est rejetée en arrière et donne l'impression de se replier sur elle-même. Elle paraît soudain plus petite. Jean-Pierre se retourne plusieurs fois avec un air navré.

« Ne faites pas cette tête, intervient enfin le chauffeur, je ne vais pas vous manger !

— Et qu'est-ce qui t'amuse ? demande Jean-Pierre avec insolence.

— Ben que finalement vous allez où je vais.

— Exact, c'est bizarre, surtout si tu ne vas nulle part. »

L'humour de Jean-Pierre n'est pas toujours apprécié, mais cette fois il trouve un amateur inconditionnel. L'atmosphère se détend brutalement. Rassurée, Alexandra s'avance à nouveau, pose ses coudes sur la banquette :

« Bon alors, c'est pas le tout : où nous emmènes-tu ?

— Arles.

— Zut ! Je ne sais pas où c'est.

— Pas grave, c'est loin d'Aix.

— De toute façon, il faut bien aller quelque part. Alors... »

Jean-Pierre s'empare de la main d'Alexandra :

« De toute façon, plus on avance et plus on se rapproche de l'Amérique... »

« Il n'est pas doué pour la géographie », songe Alexandra.

28

Ils ont erré dans Arles, pendant une heure ou deux. Puis, de guerre lasse, déboussolés et désœuvrés, ils se sont piteusement assis sur un banc public. Derrière eux, il y a un immense parc. Devant, c'est le célèbre marché qui dure toute la journée. Fatigués, abattus, c'est à peine s'ils voient la foule qui circule en tous sens.

Est-il tôt, est-il tard ? Qu'importe. Tout est fini. Tout est fichu.

Depuis que leur sympathique chauffeur les a déposés ici, c'est le grand cafard. La joie, le plaisir de raconter leur aventure et de s'être fait un copain ont disparu. Le bonheur s'est envolé. Il ne reste que l'angoisse. Les soucis.

« Dis, Jean-Pierre... »

Son petit visage pointu est au chagrin. Les yeux semblent plus sombres. Elle a du mal à parler :

« Dis, Jean-Pierre, de quoi on va vivre ? »

Il frissonne.

« Ne t'en fais pas, on va forcément s'en sortir. »

Il voulait l'apaiser. Mais c'est le contraire, les problèmes reviennent.

« Comment ?

— Je ne sais pas... Je vais travailler. Faudrait qu'on se déniche une ferme. Tu sais, je suis capable d'abattre le boulot de trois hommes... »

C'est vrai que pour sauver leur fugue, il serait prêt à tout... rien ni personne ne pourrait lui résister. Qu'Alexandra le regarde toujours comme ça et il se sentira le maître du monde. Alexandra, de le voir aussi confiant, s'enflamme. Soulagée d'un poids terrible, elle se redresse en s'écriant :

« Moi aussi je suis capable de faire n'importe quoi... Je pourrais cueillir des fruits, aider aux récoltes...

— Alexandra... Jean-Pierre... Alex, coucou... coucou, ohé... »

Du gros de la foule, émerge une petite gitane. Une belle jeune fille avec sa robe longue et son foulard. Mais, mais c'est...

Margie.

Margie, la danseuse. La nièce de Manolo.

Ça alors !

Ils s'embrassent, larmes et cris mêlés. Chaudes retrouvailles. Comment est-ce possible ? Toute la tribu campe à quelques mètres du marché. Quel bonheur de les retrouver tous ! Mais eux, qu'est-ce qu'ils font dans le midi de la France ? Qu'est-ce qui s'est passé au château du Noyer, à la ferme de la Ricordaine ?

Parlant l'un sur l'autre, brouillons et intarissables, ils lui racontent tout. Absolument tout...

Margie ouvre tout grand ses yeux noirs, n'en croit pas ses oreilles et, quand enfin ils se calment, elle murmure, complètement ébahie :

« Vous avez laissé votre famille pour... pour partir tous les deux ?

— Oui, font-ils en chœur.
— Mais alors, c'est que vous vous aimez ?
— Dame oui ! dit Jean-Pierre.
— On s'aime, dit Alexandra, on s'aime pour la vie. »

Margie les examine un instant comme pour s'assurer de ce qu'ils affirment. Puis, visiblement satisfaite, elle déclare d'un ton péremptoire :

« Alors faut vous marier ! »

Margie a le même âge qu'Alexandra, mais elle fait beaucoup plus mûre. L'existence, déjà, l'a modelée. Son regard brûlant, noir, est grave, lorsqu'elle ne sourit pas. Impossible de deviner si elle plaisante. C'est déjà une femme. Une vraie gitane avec ses bracelets, ses boucles d'oreilles, sa longue jupe, ses foulards, ses sortilèges et ses gris-gris.

Devant elle, Alexandra s'est toujours retrouvée intimidée. Au fond, elle lui envie ses façons de danser, de rire, de taper dans ses mains, de lire dans les cartes. On dit qu'un jour, elle remplacera Mama Julia et dira l'avenir...

Alexandra en est terriblement impressionnée. Clouée sur place, elle la regarde.

« C'est oui ? demande Margie, presque narquoise.
— Comment veux-tu ? s'inquiète Jean-Pierre.
— Je suis mineure », ajoute Alexandra.

Margie secoue ses bracelets, fait tinter son rire si beau :

« Faut vous marier à la mode gitane ! On n'a besoin de rien d'autre que de s'aimer.
— Mais les papiers...
— Chez nous, il n'y en a pas.
— Mais nos parents ?

— Manolo décidera ! »

Margie a pris son petit air obstiné. Rien ne lui fera changer d'avis.

Jean-Pierre et Alexandra sont perplexes. L'idée leur paraît aussi amusante qu'irréalisable. Mais Margie insiste :

« Je suis certaine que Manolo et Mama Julia vont accepter, surtout si c'est moi qui le demande.

— Tu crois vraiment que ça peut marcher cette histoire ?

— Puisque je vous le dis ! »

Jean-Pierre et Alexandra se regardent. Jamais ils n'auraient osé imaginer une telle cérémonie.

« Ce serait tellement merveilleux », dit enfin Alexandra d'une petite voix tout émue.

Mama Julia a insisté pour que la cérémonie ait lieu aux Saintes-Maries-de-la-Mer.

L'endroit, elle le connaît et elle affirme qu'on ne saurait trouver mieux en parcourant le monde entier.

Une crique. Une plage enclavée et protégée par d'énormes rochers bruns. Le plus beau des palais. C'est la nuit. Une nuit sans lune avec un ciel profond comme une grotte noire. L'air est chargé de sel. Les vagues battent la mesure. Un immense feu de joie est allumé sur le sable. Ses flammes éclairent le podium où Mama Julia, éternelle araignée, tisse sa toile, assise sur ses talons, sa longue robe étalée comme une fleur autour d'elle. Son nez en bec de rapace semble surveiller le mouvement de ses lèvres qui psalmodient. Sa litanie monte dans la nuit et se mêle au ressac. Par moments, l'eau, en se brisant sur les roches, envoie de l'écume et on dirait de l'argent qui s'envole dans le ciel d'encre.

Tout le monde est là, debout, solennel, paré pour la fête. Les femmes d'un côté, les hommes de l'autre, formant une haie d'honneur.

Tout est prêt. Une longue planche de bois, posée sur deux tréteaux, sert de table. Un gros tissu rouge la recouvre, un toit de feuilles la protège. Il y a dessus du vin rosé, des verres, des assiettes et des gâteaux..., toutes sortes de gâteaux, aux fromages, aux pommes de terre, au chocolat.

Installés sur des rochers, les guitaristes s'apprêtent à faire tomber leurs premiers accords. Ils sont six. Leur musique va dégringoler dans la crique au moment où Alexandra, tirée par les enfants, entreprendra de descendre l'escalier que le temps et la mer ont taillé dans la pierre.

Au bas du podium, Jean-Pierre, tout habillé de blanc, l'attend.

Elle arrive.

Les deux plus jeunes bambins de la troupe la précèdent, avec en bout de bras un flambeau.

Elle arrive, habillée de blanc elle aussi. Une longue robe confectionnée par ses amies les gitanes, une robe qui traîne, avec de longs voiles aux manches. On dirait des ailes transparentes évoquant la libellule, symbole de l'éternité.

Le chant des guitares s'élève tout doucement tandis que la voix de Mama Julia les accompagne. Bouleversée, Alexandra opère une courte pause pour regarder la scène d'en haut.

Jamais, jamais elle ne pourra oublier... Cette fête en plein air, cette fête ouverte sur la mer et son écume, éclairée par un feu majestueux, présidée par la plus mystérieuse des femmes.

La joie, le bonheur l'ankylosent. Elle a les membres lourds, le cou raide. Un léger vertige l'aspire.

« Allez, vas-y », murmurent les gamins qui la suivent et qui commencent à s'impatienter.

Gentiment, ils la poussent. Alors, comme dans un songe, elle s'avance à la rencontre de Jean-Pierre.

Jean-Pierre qui tremble sur place, la gorge nouée par l'émotion. Si ça continue, il va pleurer comme un idiot...

Elle avance aérienne avec ses ailes transparentes, son air de colombe effarouchée. En bas, Margie l'accueille. La musique éclate. Les enfants frappent en cadence dans leurs mains. Margie la guide vers le podium. Heureusement ! Seule... elle ne pourrait pas ! Le trac lui enlève tous ses moyens.

Margie l'immobilise à quelques pas de Jean-Pierre. Les guitares se taisent brutalement, les enfants s'arrêtent. Un drôle de silence, tout chargé de sel et du bruit des vagues, plane au-dessus de la fête. Par peur de croiser leurs regards, ils baissent tous les deux la tête. Le silence dure longtemps, très longtemps, puis la voix étrange de Mama Julia le brise :

« Les étoiles sont vos témoins, vous êtes mariés devant la mer... »

Margie ramasse une poignée de sable et la lance en l'air. Tous les enfants l'imitent et les grains retombent sur Jean-Pierre et Alexandra.

« Et maintenant, voilà la couronne... », continue Mama Julia.

Alexandra sursaute. Cette histoire de couronne

lui rappelle sa première rencontre avec Mama Julia. Les mots de la vieille femme, qu'elle croyait avoir oubliés, lui reviennent alors : « Si tu tiens ta parole, vous triompherez et vous partagerez la couronne. »

La mer envoie ses rayons d'eau et d'argent. Quelqu'un jette une brassée de bois dans le feu. Immédiatement, les flammes montent plus haut, éclairent davantage. Les prenant chacun par une main, Margie les conduit vers le chef de la tribu.

Manolo tient une couronne de fleurs blanches. Arrivée devant lui, Alexandra s'incline. Il la lui dépose délicatement sur la tête :

« Va, ma fille, va toujours selon ton cœur... »

Les guitaristes plaquent les premiers accords d'un air endiablé, mais d'un geste autoritaire Manolo les interrompt :

« Pardon, mille pardons, mais avant de commencer la fête je dois parler. »

Jean-Pierre et Alexandra se crispent. Les changements de programme n'indiquent jamais rien de bon. Margie les regarde et leur envoie un petit geste rassurant. Le chef de la tribu élève alors le ton pour que tout le monde entende bien :

« Alexandra, il faut que tu saches que ton père est un ami et qu'avec moi il s'est toujours conduit en ami, tout comme ton père, Jean-Pierre. »

Souffle court, ils attendent la suite. Le préambule sent déjà la catastrophe. Manolo poursuit après une courte pause :

« Moi aussi, j'ai une parole et, quand je la donne, je ne peux la reprendre. »

Jugeant son bonheur en danger, Alexandra s'écrie :

« Mon père, lui, n'a pas tenu sa promesse. Il vous a chassés de nos terres et...
— Attends, ma fille, tu t'emportes et tu te trompes. Un jour peut-être tu comprendras que M. Vergnault ne pouvait s'opposer aux décisions du maire. Les raisons sont graves, ma fille, trop graves pour ta jeunesse. Mais il faut me croire, jamais ton père n'a souhaité nous chasser... »

Le choc la perturbe profondément. Comme pour la réconforter, Jean-Pierre s'empare de sa main, la serre très fort.

« Et moi, continue Manolo, je vous ai mariés pour rire, parce que j'ai voulu que vous vous souveniez de votre passage parmi nous comme d'une fête. Mais je ne veux pas être votre complice. Pensez à la tristesse dans vos familles. J'imagine vos mères qui pleurent et qui, chaque jour, attendent de vos nouvelles. »

Le coup porte. Les visages d'Odile et d'Annie se dessinent au beau milieu de cette belle nuit piquée d'étoiles. Pour la première fois, ils ressentent leur chagrin.

« J'imagine vos pères qui, chaque jour, tentent de les réconforter. Savez-vous qu'ils sont fous de soucis et que celui qui fait le malheur autour de lui reçoit du malheur en retour... »

Le chagrin d'une mère, l'anxiété d'un père, c'est plutôt difficile à supporter un soir de fête. Un soir de mariage, même folklorique. Les remords et les regrets se heurtent à la déception et à la colère. Ils en veulent un peu au chef des gitans de leur tenir un sermon de ce style, mais savent qu'il a raison.

« Pour rester fidèle à vos familles respectives, je vais vous donner des billets de train et vous demander d'aller les rejoindre le plus vite possible. »

Jean-Pierre et Alexandra sursautent. Le remarquant, Manolo éclate de rire et ajoute :

« Pas cette nuit, bien sûr, parce que cette nuit nous dansons et nous chantons. Mais, demain, je vous demande, je vous prie, mes enfants, de rentrer chez vous.

— Mais alors pourquoi nous as-tu mariés? demande Jean-Pierre avec un aplomb surprenant.

— Pour que vous soyez plus forts devant vos parents, pour que vous acceptiez de retourner dans vos maisons. »

Alexandra jette un regard désolé à Jean-Pierre. Décidément, elle ne comprendra jamais les adultes. Jean-Pierre hausse les épaules. Qu'importe, ils ont jusqu'à demain et l'avenir appartient aux innocents.

D'un geste, Manolo signale aux guitares qu'elles peuvent attaquer. Il n'a pas besoin d'attendre leur réponse pour que la fête explose, chaude et douce dans la nuit d'été.

29

« Arrêtez-vous là, s'il vous plaît. »

Obéissante, la bonne sœur freine. Un peu trop sèchement sollicitée, la 2 CV se balance encore alors qu'elle est immobile sur le bas-côté. La conductrice jette un regard autour d'elle et remarque, en regardant ses passagers :

« Mais il n'y a ni maison ni chemin par ici, vous êtes sûrs que... »

Il y a une pointe de suspicion et d'inquiétude dans sa voix. Mais, indifférents, ils sont déjà dehors. Avant de claquer sa portière, Jean-Pierre se penche :

« Ne vous faites pas de souci, mada... ma sœur ! Nous allons couper à travers la forêt. Nous connaissons parfaitement le chemin. Et merci encore... »

Alexandra fait un signe de la main et la 2 CV démarre en hoquetant. La bonne sœur est sans doute plus proche de Dieu que de la mécanique. Après quelques sauts de carpe, elle finit par stabiliser la voiture sur le goudron, mais en oublie de passer la seconde. Si bien que dans le premier virage c'est une voiture hurlante et fumante qui disparaît.

Et les voilà seuls dans la demi-teinte de ce jour finissant...

Si les soirées sont encore lourdes et chaudes, elles sont de plus en plus courtes. Depuis quelques jours, l'été marquait le pas. Il décline. Il y a dans l'air comme un parfum de tristesse. Une tristesse discrète, sans doute, mais tenace. Les feuilles ont laissé partir leur vert têtu. Il n'est pas besoin de les passer à la loupe, ou au microscope, pour voir qu'en elles, déjà, le jaune gagne irrésistiblement.

Ils se sont pris la main. C'est un geste dont ils ne savent plus se passer, mais qui n'est pas encore une habitude. Avant de se mettre en route ils se regardent. Longuement.

Ils se sont enfin décidés à se mettre en route. Alexandra se laisse guider. N'est-il pas chez lui ? Ils grimpent silencieusement entre les troncs. Dans leurs dos, le soleil a mis le feu à la plaine. Par paquets semblables à des embryons de volcans, les foins se consument sans bruit. C'est le dernier souffle de l'été. Mais aussi les premiers balbutiements de l'automne.

Puis ils redescendent, laissant derrière eux le crépuscule. Et, brusquement, la rivière est là. Basse. Très basse. Il n'a pas plu depuis longtemps. Un couple de troglodytes en train de boire s'affole. S'envole. Leurs petites ailes mordorées fouettent l'eau, puis battent l'air, semant comme des poussières de diamants. Les longs corps sombres des chevesnes glissent entre les rochers. Au loin, le coucou lance son cri qui résonne et bat avec la régularité d'un cœur.

Tout est paisible. Envoûtant.

Tout est aussi beau et aussi vrai qu'avant. Et pourtant il y a ce parfum de tristesse. Ces prémices de la défaite. Et pourtant il n'y a plus cette joie de vivre qu'ils savaient lire dans le moindre tressaillement...

Alexandra se retourne.

Jean-Pierre passe ses bras autour de son cou. L'attire contre lui.

A nouveau, ils repartent. Grimpent sur l'autre versant.

Montant de la plaine, le croassement d'une compagnie de corbeaux accompagne leur marche. Devant eux, une poule faisane se lève. Dans son sillage, le panache éclaboussant du mâle fait palpiter l'air. Jean-Pierre les regarde comme s'il ne les voyait pas. Que lui importe ce couple de faisans ? Où est passée son amitié pour les animaux ? Où sont passées leur joie et leur insouciance ?

Les voici au sommet de la colline. L'orée de la hêtraie n'est plus qu'à quelques mètres. Ils n'arrivent pas à parler.

A nouveau, ils se sont arrêtés.

Ultime halte avant le grand saut.

Le chemin de terre jaune coule vers la Ricordaine. A gauche, embrasé par les feux du couchant, le château du Noyer scintille. Son toit d'ardoise ressemble à une mer paisible.

D'ailleurs, tout est paisible.

« Rien n'a changé, murmure Alexandra un peu bêtement.

— Non, rien...

— Alors..., toujours d'accord pour commencer par la ferme ? »

Jean-Pierre hoche la tête. Et, quand il regarde Alexandra, des larmes abandonnent, avec lenteur, le bord de ses yeux.

C'est lui qui pousse la porte.

Ils ne sont pas encore dans la grande salle que René et Odile sont déjà debout et courent vers eux. On pourrait croire qu'ils les attendaient.

« A la bonne heure ! » s'exclame le père Rouleau.

Quant à Odile, elle a les mains sur la tête et dit en trottinant :

« Je savais que vous reviendriez. J'ai prié tous les jours. O Sainte Vierge, je savais que le Bon Dieu ne pouvait pas nous abandonner... »

Puis elle s'arrête brusquement sous leur nez, change de ton et lance :

« Ah ! vous pouvez dire que vous nous en faites faire du souci... Vous nous ferez mourir avant l'âge, mes petits ! »

Et immédiatement après elle leur saute au cou.

Pendant ce temps, le père Rouleau a filé à la cave et revient avec une bonne bouteille qu'il brandit.

« Celle-là, mes petits, je la tenais au frais pour votre retour. Vous allez me dire ce que vous en pensez... Approchez-vous de la table.

— Mais où avez-vous bien pu aller, pour être sales comme ça ? s'inquiète Odile. Ça m'a l'air d'être un drôle de pays, l'Amérique... »

Elle scrute avec attention la boue qui macule leur peau, leurs chaussures, leurs vêtements. Elle s'attarde longuement sur les déchirures, les trous.

« L'Amérique... Quelle idée ! C'est que... c'est des drôles de pingouins qui vivent là-bas. Mon Dieu ! quand j'ai su qu'ils tiraient régulièrement sur leurs présidents, j'ai failli en mourir de peur. Mais vous n'avez donc rien dans la tête ? Vous ne trouvez pas que c'est plus tranquille ici ? »

Et alors que René, qui a fait sauter le bouchon de la bouteille, remplit les verres, elle ajoute :

« Dis donc, papa, tu ne vas pas retenir notre petite Alexandra, il faut qu'elle aille vite rassurer ses parents... »

Elle fait une bizarre mimique, laisse sa phrase en suspens, puis finit par dire, visiblement incapable de se retenir plus longtemps :

« ... surtout qu'il y a une grosse surprise qui vous attend... »

Elle l'aurait bien tutoyée, cette petite, mais elle ne peut oublier qu'elle est, avant tout, la fille des châtelains.

« Quelle surprise ? » demande machinalement Alexandra, qui n'est préoccupée que par la séparation qui s'approche à toute allure.

Le père Rouleau, qui veut à tout prix fêter ce retour, fait circuler les verres et lève le sien :

« A votre retour et à... Galéa ! »

Odile hausse les épaules. Renverse la moitié de son verre et s'exclame :

« Ben, voilà... moi qui voulais leur laisser la surprise, c'est malin !

— Qu'est-ce que c'est que cette histoire ? » intervient Jean-Pierre après avoir adressé à Alexandra une grimace d'incompréhension.

Voyant qu'il était allé trop loin, le père Rouleau

explique que M. Vergnault, à la fois pour leur faire plaisir à tous les deux, mais aussi pour se faire pardonner le départ des bohémiens, leur avait offert Galéa. Le mystérieux acheteur de Paris, c'était lui !

Cette heureuse nouvelle les met, évidemment, encore plus mal à l'aise. Avec ce que leur avait expliqué Manolo, ils étaient déjà penauds. Et voilà que, maintenant, ils n'ont plus grand-chose à reprocher à leurs parents.

Heureusement qu'il y a ce complot visant à éloigner Jean-Pierre et auquel ils se raccrochent éperdument. Mais, au fond d'eux, leur instinct leur souffle qu'ils ont intérêt à discuter le moins possible...

Là-dessus, Alexandra avale un verre, plus pour se donner du courage d'ailleurs que pour fêter l'événement...

« Ben... je crois qu'il est temps que je rentre au château...

— C'est ça, ma fille..., dépêchez-vous », s'empresse de conseiller Odile.

Elle lance un coup d'œil vers Jean-Pierre, mais il est déjà à la porte à l'attendre. Elle va le rejoindre et ils sortent tous les deux.

Odile se précipite.

« Ah ! non... ça ne va pas recommencer !

— Mais non, maman, mais non ! Je la raccompagne juste un bout de chemin... »

Ils avancent en silence.

Jean-Pierre s'est fixé comme limite l'orée du

parc. Mais, arrivés aux premiers marronniers, il n'a pas le cœur de s'arrêter.

Encore quelques mètres.

C'est finalement Alexandra qui s'immobilise sous le tilleul dont le lourd feuillage embaume.

« Que vas-tu leur dire ? » s'inquiète Jean-Pierre qui ne parvient pas à imaginer qu'elle peut avoir avec ses parents une relation aussi simple et aussi vraie que lui avec les siens.

Au fond, pour Jean-Pierre comme pour Odile Rouleau, les Vergnault sont avant tout les châtelains.

« Ne t'en fais pas, lui murmure Alexandra, j'ai ma petite idée... »

Puis elle fait volte-face et s'en va en courant. Si elle ne s'y était pas contrainte, elle serait encore là, debout, à ses côtés.

Elle court et, devant elle, le paysage se voile.

Le château du Noyer se brouille.

Pour lutter, pour se donner du courage, elle se répète la phrase qu'affectionne particulièrement son grand-père, et dont elle compte bien se servir :

« Ne me posez pas de questions et je ne vous dirai pas de mensonges. »

ÉPILOGUE

Quelques jours après son retour à Paris, Alexandra se met en devoir d'ouvrir son premier journal de jeune fille. Sur la première page, on peut lire :

Mon été
C'est fini. Les cours vont reprendre et moi, je suis toute seule dans ma chambre à me demander si je n'ai pas rêvé. Pour m'assurer du contraire il suffit que j'ouvre mon coffret. Au fond, repose le seul cadeau que m'ait fait Jean-Pierre. Un caillou rond et lisse, tout blanc avec un trou au milieu. On dirait un œil de pierre. C'est mon trésor et, quand je le regarde, j'ai envie de pleurer.
Je ne suis pas malheureuse. Maman joue moins au bridge. Papa est plus souvent avec nous. Personne, dans ma famille, ne parle jamais de ma fugue.
Lorsque je me sens seule, je pense à Mama Julia, à Manolo... Parfois, je me reproche d'avoir abandonné Jean-Pierre. Rien n'est perdu, je compte bien...
Non, je n'ai pas le droit de l'écrire, ça pourrait nous porter malheur...

DU MÊME AUTEUR

Aux Éditions Jean-Claude Lattès :

UN SAC DE BILLES, *récit*.
ANNA ET SON ORCHESTRE (Prix R.T.L. Grand Public), *roman*.
BABY-FOOT, *roman*.
LA VIEILLE DAME DE DJERBA, *roman*.

Composition réalisée par C.M.L., Montrouge.

IMPRIMÉ EN FRANCE PAR BRODARD ET TAUPIN
Usine de La Flèche (Sarthe)
LIBRAIRIE GÉNÉRALE FRANÇAISE - 6, rue Pierre-Sarrazin - 75006 Paris.
ISBN : 2 - 253 - 03417 - 7   30/5912/8